今は亡きあの人へ伝えたい言葉 9

二〇二四年版

鎌倉新書

はじめに

選考委員　清水 祐孝

この世に生を受けたからには、出会いがあって、どこかで別れがきて、その出会いと別れの間にはそれぞれに特別なストーリーがある。日常生活の中ではその特別さに目がいかないし、忘れてしまいがちなのですが、ふと立ち止まって振り返ると、その特別さに気づくことができる。私はそう考えています。

皆さんの手紙を読んでいる時間、私自身も過去の思い出や縁のあった人とのつながりを思い出したりして、あたたかな気持ちが心に広がったのを実感しています。こんな体験をぜひ、より多くの人にしてもらえたら、主催者の一員としてうれしく思います。

この「今は亡きあの人へ伝えたい言葉」の活動を通じて、家族や友人、知人を思いやる人が増え、それによって社会全体があたたかなものになる。強い絆で結ばれた社会になる。そんな世界観を醸成していきたいと考えています。ただそのためには、一過性のものではなく、折に触れて思いやる、想いを馳せるというように、それが日常になっていかなければならないとも思っています。

コロナ禍以降は特に、葬儀の形態がコンパクト化しており、亡くなった人に想いを馳せる機会や時間が減っています。そんな現代だからこそ、より、この活動を広めていきたいという、使命にも似た責務を感じています。

末筆になりますが、今回、選考委員としてご協力くださったフリーアナウンサーの堀井美香さん、文学YouTuberベルさん、そして何より、お手紙を送ってくださった多くの皆さまに、この場を借りてお礼申し上げます。

ありがとうございました。

（株式会社鎌倉新書 代表取締役会長ＣＥＯ）

目次

佳作

三十代の方からの手紙

二十代の方からの手紙

本書に収録した都道府県は応募時のものです

金賞

私の自慢のお母さん

母への手紙／初さん（愛知県）

久しぶり、元気ですか？　私は、今年20歳になりました。お母さんの振袖、ちゃんと着たよ。本当は、1番に見せたかったです。お母さんは、私をお父さん似と言っていたけれど、私、お母さん似なんだよ。同じ振袖を着たら「お母さんかと思ったわ」って皆に言われました。それに、小学生の頃は、お友達が少なかった私だけど、今では沢山できました。男の子が苦手だったけれど、彼氏もできたんだよ！　お母さんがいなくて寂しいことも沢山あったけれど、皆のおかげで笑顔で成人式を迎えられました。

けれどね、お母さんと過ごした日々が、人生の半分になっちゃいました。本当は、お母さんとの思い出を全部覚えていたかったけれど、もうお母さんの声も思い出せません。あんなに毎日、お母さんと口喧嘩をしていたのに、どうしても出てこないの。本当は、お母さんと恋バナしてみたかったし、ショッピングだって行きたかった。いつも「うちのお母さん、お菓子作りが趣うちのお母さんの作ったお菓子食べさせてやりたかった。うちのお母さんのケーキの方が、一億倍美味しいのにね。裁縫だって、料理だって、オシャレだって、うちのお母さんが1番なのに。お母さんが1番美人なのに。私の自慢のお母さんなのに。

お母さんに怒られるの、すっごく嫌だったけれど、そのおかげで私はいつも褒められます。中学生や高校生の頃は成績も良かったんだよ。字も、お母さんみたいに上手に書けるようになりました。嬉しいことや、褒められたこと、本当は全部お母さんに「良くやったね、頑張ったじゃん」って言われたかったんだよ。毎回そう思っちゃうから、突然いなくなったお母さんを許せない時期もありました。けれどね、やっぱり私のお母さんが1番なんだわ。何にも言わずに亡くなったお母さんを恨もうと思っても、お母さんのこと大好き。入学式や卒業式にお母さんはいないけど、「うちのお母さんが、やっぱり1番だわ。」って思えたから、私は強くなれました。

いつまでも、私の自慢のお母さんでいてくれてありがとう。私を産んでくれてありがとう。お母さんの娘であることを誇りに思います。

銀賞

たった一人の俺を、守ってくれてありがとう

母への手紙／rikimasaruさん（大分県）

死に目に会えんかったこと、ごめん。
いつもタイミングが悪い俺らしいなと笑われそうだけど
最期もそうなってしまいました。

物心つく頃から「おかん」しか知らない俺でした。
父親は、今も知らない。

「母ひとり子ひとりやけん」があなたの口癖でした。

「母子家庭だからできんとは言わん」と、いつも遠足や修学旅行には
決まって新品の靴やシャツを用意してくれていましたね。

それがどれだけ大変なことだったかを、恥ずかしながら大人になって理解しました。

親父と離婚してから
ずっとあなたは私に不自由をさせまいと気を張っていたのだということ。
本当は自分が一番心細いはずなのに、一度もそういう姿を俺の前で見せなかったこと。

小学校に上がったばかりの運動会の日に、親子競争を先生と走った後で
「なんで俺には親父がおらんの」と言って困らせた時も
「必要ないからや」と煙草の煙を燻らせながら豪快に門前払いしてくれたおかげで
それ以上の疑問はその後一度もありませんでした。

結婚し、子供を授かって「孫」ができてからは
親子であったことが嘘であるかのように
俺の世話から身を引いてくれていましたね。

「それはあんたの奥さんがすることとや」と、どこか寂し気に話したのを覚えています。
「マザコンになるなよ」もあなたの口癖でした。

本当は、寂しかったのかな……。

これからも、いつも俺の心の中にあなたはいます。

苦しいとき、うれしいとき、すべて俺に有るものはおかんが全力で俺を守ってくれたおかげで
それを感じることができているということを忘れない。

俺たちに起こることは、あなたからの贈り物であると、心に刻んで生きていきます。


この世に俺を生んでくれて、本当にありがとう。

たった一人の俺を、守ってくれてありがとう

文字から聞こえる声

兄への手紙／島みずきさん（埼玉県）

お兄ちゃん、私はこの春で二十三歳になります。お兄ちゃんが天国へ旅立った歳に追いつきました。いつも私が健やかに、朗らかに、笑顔で暮らせるよう見守ってくれてありがとう。柔らかな春風が吹くたびに、優しかったお兄ちゃんの声や笑顔を思い出します。

お兄ちゃんがガンと闘い始めた頃、私はまだ小学生で、その苦しみや悲しみや辛さをよく理解することができませんでした。お兄ちゃんが入院するたび、体調を崩すたび、父さん母さんは付きっきりで心配をして、その様子を見て何度も私は不満をこぼしました。今でも後悔しています。お兄ちゃんに「僕が病気のせいで、ごめんね。」と何度も言わせてしまったこと、ガンについて自ら進んで知ろうとしなかったこと、お兄ちゃんのいない未来を想像するのが怖くて、ここへ旅行したい、あれを食べに行きたい、という話題を避けてしまったこと、悔やんでも悔やみきれない。お兄ちゃんは旅行好きでした。たとえ叶わぬものになったとしても、ガイドブックやネットで調べて、旅行計画を立てて楽しみを作ってあげればよかったなと思います。

命の灯火が消える少し前に、お兄ちゃんは長い長い手紙を書いてくれました。学校のこと、友達のこと、家族のこと、仕事のこと、いつだって面倒見が良く心配性で世界一妹想いのお兄ちゃんらしい、最後の、最高の、贈り物だったね。優しく丁寧に書かれた文字に触れて、私は何度も何度も涙を拭い、歯を食いしばり、別れの悲しみを乗り越えることができました。受験も就活も、大変な時にはいつも手紙を読み返して「お兄ちゃんが見守ってくれている、大丈夫」と思えたよ。

二十三年間の日々を精一杯生きて、その強さやたくましさを見せてくれてありがとう。家族の大切さを教えてくれてありがとう。今日生きていることは当たり前ではないと、命は無限ではないと気づかせてくれてありがとう。私はあなたの妹であることを誇りに思います。お兄ちゃんが懸命に闘った日々を、勇気あるその姿を、温かな思いやりの心を、きっとずっと忘れません。人見知りでわがままな妹だから心配しているんでしょう。大丈夫、とは言い切れないけれど、お兄ちゃんが安心して休めるように、私も一生懸命に命を燃やして頑張りたいと思います。お兄ちゃんでいてくれてありがとう。これからも空から優しく温かく見守っていてください。

いつまでもおっちょこちょいな妹より。

銅賞

紅葉と青空と

元婚約者への手紙／今野陽子さん（長野県）

正直なことを言うと、あなたの顔を思い出すのもちょっと難しくなってきたのです。

「結婚しよう」って約束していた仲なのにね。

あなたの生きている時の顔は思い出せなくても、死に顔なら鮮明に思い出せます。なんら処理の施されていない「身元確認」のために警察署で対面した、あなたの顔です。白目を剥いて、口は半開きの。

あなたと結婚するはずで引越してきた信州。その数ヶ月後に、婚約者であるあなたの葬儀に参列するなんて。それも、自ら旅立って行くことを選ぶなんて。

一緒に暮らしていても、自ら命を絶とうと思い詰めていたことにすら気付かなかった。そんなことって本当にあるんだ。

私はどうすればよかったんだろう。

もう、立ち直れないと思っていました。

あれから十五年。

人間ってタフで残酷な生き物ですね。

あなたが命を落とした信州の地で、あなたとは違う男の人と出会い、結婚して、二人の子供達にも恵まれ、ありきたりで平穏な毎日を送っています。

毎年、厳しい冬がやってくる前には、当たり前のように木々は彩りを増していきます。そうやって山肌が鮮やかになる頃、私の中にはザラザラとした気持ちが蘇ってきます。

青い空と鮮やかな紅葉。

この自然の織りなす美しいコントラストは、火葬場へと向かう直前の、あなたの肉体が存在していた最後の時間を想起させるのです。

あなたの葬儀を終えて、セレモニーホールから出た時に飛び込んできた景色は、雲ひとつない青空と、真っ赤に紅葉したアルプスの山並みでした。

その憎たらしいまでに鮮明な映像は、子供の柔らかい手を握っている時にも、四人分の晩ご飯を作っている時にも、不意打ちのようにところ構わずやってきます。

そのたびに、私はひとり奥歯をぐっと噛み締めてやり過ごします。

相変わらず、紅葉の季節は苦手なままです。

来世も巡り会いたい貴方へ

夫への手紙／酒井公子さん（福岡県）

毎年車椅子に乗って嬉しそうに貴方が開花宣言をしていた庭の桜も、今年は主がいなくなって、心なしか淋しそうです。

貴方が天国へ旅立って早や半年過ぎました。

目の廻る忙しさの六年間の自宅介護は長いようで短い月日でした。

忙しかったけれど、貴方がそこに居るだけで幸せな日々でした。

「夫婦とは、互いに足りないところを補い合う補足の原理で結ばれる」と聞いた事があったけど、まさに貴方と私は全く正反対の性格でしたね。

私は根っからの楽天家、何があっても「ドンマイドンマイ、ま、何とかなるさ！」なんて明るく受け流すタイプ。

それにひきかえ、貴方はまるで高僧の様な風貌で、無口でいつも冷静。おしゃべりな私の話を、どこか俯瞰する様な態度で聞いていたわね。

今しみじみ思うと、私って、何て可愛気のない妻だったのかしら。

それは貴方に甘える事が出来なかったこと。

貴方、さぞ淋しかったでしょ？　ごめんね。

いつぞや、余りにもネアカな私の事を「君の明るさは、時として周りを暗くする。君は油断すると葬式でも盛り上げかねない。」と叱られた事があったけど、貴方の言葉通り私やっぱり貴方のお葬式盛り上げちゃった。


貴方とのお別れが悲しくって、食事が入らず、最後のお別れの献花の時は悲しみと空腹で私、倒れそうでした。

丁度その時盆に盛られたおいしそうな「お握り」を係員が「奥様、道中お腹がお空きになられましょうから……」と私に手渡したの。

何か変だと思いつつも、てっきり私達に差し入れだと思い「まあ！　この様な時に、かようなお心遣いは御無用でしたのに……」と私。

「いえ、これは仏様に道中召し上がって戴くものでございます」

それを聞いた途端、恥ずかしさと低血糖で倒れそうになりました。前の親戚が肩ふるわせて泣いているかと思ったら笑いをこらえていたの。こんな大切な時に大失敗して貴方に恥をかかせてしまい、本当にごめんなさいね。

貴方は昭和生まれの明治男の様な人、私に一言も労いの言葉はなかったけれど、先日机の引出しに「般若心経」の写経を発見、最後に「公子の幸せと健康を祈って」と書かれた結びの言葉に涙が止まりませんでした。

どんな思いでこれを書いてくれたのでしょう。ありがたくて切なくて貴方が恋しくてたまりませんでした。

来世、私きっと貴方好みの物静かな甘え上手な可愛い女となって貴方と巡り会いたいと思っています。

来世も巡り会いたい貴方へ

神様から預かった小鹿

息子への手紙／戸田千章さん（兵庫県）

何ものにも代え難い、私の愛しい息子。

名前は善也（よしなり）。最重度障害児として私のところへやって来た。ＮＩＣＵから出たのは、４か月を過ぎた頃。初めて私の腕の中に抱いた我が子はあまりにも大きく、それに反して首さえ座らない新生児のままだった。これからこの子をどう育てようと悩む余裕すら、私には無かった。３人の息子、義父母に夫、工場が待ってる。母として、主婦として、嫁として日々機織りしながら、善也の24時間全面介、看護に追われ、自分がどうやって生活してきたのか、思い出す事も出来ない。ただ覚えているのは、息子達を私が出来る全ての愛情で育てた事だ。善也は障害が重く長く生きられないと言われてたが、弱る度に私が助けると誓った。神様のおかげで30歳を迎える頃には、時々笑ってくれた。倖せだった。倖せが続くと思った。

令和３年４月10日、例年通り私の誕生日に善也と最高の顔で撮った写真が最後の物になるとは。

同月15日から体調が急変。２日間ＩＣＵに入り息を引きとった。コロナ真只中で付き添いも抱く事も叶わなかった。あまりにも急な別れで私は母として善也に伝えられなかった事がある。私は神様から選ばれ、この子を預かったと信じてる。だからいつかは御返しする子だとわかってた。この子を育てた事で沢山の事を学んだ。もしも来世が有るのなら、次も必ず私を母として選んでほしい。母の胸の中でそう約束してお別れしたかったのに、それが叶わなかった事が無念でならない。私の可愛い小鹿。35年間という長い間、寝たきりで大きな赤ん坊のままで、ずっと私の傍らに居て、頑張ったね。

これからは思いっきり走りまわるのよ。

約束だよ。

また会う日まで笑ていこ

友人への手紙／ユウさん（愛知県）

「ほんまに死ぬん？」なんて、我ながらド直球な聞き方やったね。

でもハルの「死ぬらしいで」って返しもどうなん。他人事すぎやろ。

ハルはめっちゃ痩せてたけど、見慣れた部屋で、お菓子つまみながらゲームして、しゃべって、
お互い好きに過ごして。

あまりにもいつも通りで、ずっとこのまま一緒に居れるんやって錯覚した。


「墓は鉄製にするから、猛暑日は肉焼きに来てな。二人ＢＢＱや。」


お葬式の後に貰った手紙。

この締め、これさいごの言葉としてどうなん。

まずハル、肉食べへんやん。私もう、ハルの残した肉貰ってあげられへんねんで。

それとな、ハル寒がりなんやから、鉄は冬冷えすぎるやろ。私もう、マフラー貸してあげられへんねんで。

あと、雨で錆びへん？　隣歩いてくれんかったら、私もう、傘に入れてあげられへんねんで。「汚れてんで」って拭いてあげることもできへん。


そんなん考えて、泣きそうになった。

手紙、せめてお葬式の前に渡してほしかった。

そしたら棺桶覗いた時に、顔見ながら、全部言えたのに。


後出しにした理由は、お姉から聞いた。


「中身チラ見するやろうおかんが、少しでも笑えるように。」

優しいな。おばさん絶対見はるもんな。良い作戦やん。

「おとんの百面相も見たい。」

わかる。おじさん寡黙やのに、考えてること全部顔に出るからおもろいもんな。

「あと、泣きながら棺桶覗かれたらイヤやん。涙はまだしも、鼻水とかよだれとか。垂れそうで。」

……まぁ、わかる。たぶん誰も垂らさへんけど。

「何ならユウとか、鼻拭いたティッシュうっかり棺桶の中に放りそうやもん。」

せぇへんわ!!!

さすがにツッコんだ。

びっくりするくらいデカい声が出た。

したら、お姉は顔真っ赤にして肩揺らし始めるし、おじさんは真顔で「しそうや」とか呟くし、それ聞いたおばさんはお茶吹き出すしで、もう、諦めてみんなで一緒に笑ったわ。

「こんなん絶対笑かしにきてるやん」て、泣きながらゲラゲラと。

ハルの作戦に乗ったわけやないで。しゃーなしやで。

ハル、言うてたね。「死んでも泣きなや」って。

私が「無理」て返したら、「ほなその分笑ろて」て。

私はもう、ハルに何もしてあげられへんのに。

ハルはさいごのさいごまで私を笑かしてくれて。すごいなあ。

もう十年経つけど、事あるごとにハルとの思い出に救われて、その度ハルの大きさを思い知っとる。

私は泣き虫やから、これからもハルを思い出して泣くやろうけど、その分、ハルを思い出して笑うわ。

約束。また会う日まで。

銭湯で

妻への手紙／碧水翔さん（東京都）

井の頭線久我山駅のすぐ横を神田川が流れていて、その傍らに、今はないが、風呂屋があった。君も憶えていると思う。サンダルはいて石鹸をカタコト鳴らし、夕方早くから二人でよく行ったね。

あるとき、というより初めて一緒に行ったときか、体を洗い終わりかけていると、女湯の方から大きな声がした。「さーとしー、もう終った？」。湯気で声がよく響いた。十人くらいはいたろうか。湯ぶねや洗い場の皆があ然として、次の瞬間頬を緩ませた。いちいち見てはいないが、こういうときは、全体の雰囲気と一人ひとりの表情が頭のスクリーンに浮かぶものだ。嬉しいやら恥ずかしいやら、僕も何か返事をしたと思う。「まだ」とか「もうすぐ」とか。

ガラス戸をあけて脱衣所へ上がると、番台のおばさんがニコッと笑ったような気がする。君は脱衣所でも声をかけたことがあった。「さとし、いーい？　出るよ」という具合に。僕も、ドギマギしながら、生まじめだから、「ウ、ウン、いーよ」とか何とか返事をしたと思う。

番台のおばさんは、僕を幸せ者と思っただろう。その通り。何て幸せなんだ。そんな心地良さを感じていた。君に言葉でそう言ったことはないけれど。

風呂屋の外で、一緒になって二人並んでパタパタと歩き出す。ときどき、小路の出口にある喫茶店（夕方からはパブになる）「ボン」に寄って、ビールなど飲んで。

十年か二十年前にあったような青春。いや、十年か二十年遅れでも、青春はいつでも起こりうるのだ。これぞという相手に出会いさえすれば。僕にとっては、それは君だった。きっと、君にとってもそれは僕だった、そう思いたいよ。


そんなに長くはなく、君は突然逝ってしまった。その後数十年経って、僕は独居老人だ。

今生では、君への感謝を形にすることはできない。

来世というものがあるなら、ただただ、来世でもまた君と出会いたいと思う。

佳作

八十代の方からの手紙

愛しさ募り涙に暮れて

夫への手紙／浅井洋子さん（愛知県）

あなた許してくれますか。

七十八歳で六年前、あなたが亡くなってからは魂の抜け殻のようになってしまいました。

あなたの遺影の前で、時が経つにつれて愛しさが募り、涙に暮れております。

奥三河の山村に嫁ぎ、姑に扱かれながら、なれない山仕事に駆り出され、田舎の古い因習の中で、村の人たちの射るような目に脅かされながら、暑さのなか、ハチに刺されたりへびにびっくりしたりしながら、長いカマで下草を刈ったり、間伐など、男の人がするような仕事もしてきました。

必死で働きづめ働いてきたので、あなたに寄り添う余裕も無くて、あなたに不満ばかりぶつけてしまっていたことを、今思えば申し訳なくて――

あなたの方が、勤めに出ていて休みには山仕事もするので、どんなに大変だったでしょう。

三人の子どもたちの子育てもすみ、八十六歳で姑も看取り、嫁も卒業して、これからは二人だけの生活を楽しみたいと思い旅にでることにしましたね。

十年間のパスポートを作り、アメリカに行って「これからは、毎年、大陸を旅しよう」と言っていた時、あなたは認知症になってしまいました。

やっと余裕ができ、あなたにやさしくできると思っていたら、介護の日々になりました。

パスポートは一回使っただけで無効になってしまいました。

田舎の古民家のかたづけや、山仕事もと、焦りながらの介護で、十分にお世話もできず、後悔しているのです。

そんなあなたが「お前だでこの家をやってこれた」と、褒めてくれ、至らぬながら、あなたからの言葉に感謝の気持ちでいっぱいになりました。

あなたの愛を素直に受け取れず、あまのじゃくだったことも、本当にごめんなさい。

あなたのお骨を少し袋に入れて、どこかに行くときは、あなたと話しながら、いつもあなたと一緒に旅をしています。

四年に一度

父母への手紙／古垣内求さん（大阪府）

父さん、今も覚えています。あの雨の日の出来事を。七十年前の高校二年のときでした。山間の山道を十五キロ。毎日自転車通学をしていました。母さんとの三人暮らしでした。貧乏だけれど、楽しい毎日でした。村から唯一人の高校生です。狭い田畑と小さな山林。近所には一軒の民家もありません。

高校二年になったとき、町の同級生たちは受験勉強を始め、大学を目指すようになったのです。僕も刺激を受け、受験したくなりました。毎日考え続けていると、夢が膨らみ、止まらなくなりました。我慢出来なくなり、母さんに打ちあけることにしたのです。

驚いた母さんは「父さんに相談する」と、それだけの返事でした。

半月間、返事を待ちましたが、父さんからの返事はありません。

一ヶ月後の父さんからの返事は、「百姓の一人息子が、大学などに行って、どうする気だ!!ダメだ!!」のひとことでした。僕と父さんとの会話が無くなりました。

半年間、夕食時もお互い無言です。

ほとんど進学を諦めていました。

そんなとき、あの雨の出来事が。この日で僕の人生が一変したのです。

土砂降りの中、学校から帰ると、僕の机の上に一枚の紙が。開くと父さんの文字です。

『オリンピックを目指す者は、四年に一度だけしかチャンスが無い。君は毎年あるんだよ。がんばれ』(許してくれたのだ！)

紙を手に、涙を流しながら立ち続けていました。

早速、母さんに報告に行くと、

「よかったね」と、淋しそうに向こうを向いたまま返事がありました。

僕は両親に感謝しながら、猛勉強をして、大学に合格、卒業後、村役場に就職しました。今では家族が増え賑やかな家庭です。

これも父さんと母さんのお陰です。

今までの人生で、辛いこと、悲しいことが何回もありましたが、その度ごとに、この紙を眺め、父さん、母さんを思い出して、元気を取り戻してきたのです。

色褪せた一枚の紙。子供のころの思い出がこの一枚に凝縮されています。

僕の誇りは、父さんと母さんだと、今も思い続けています。

逢いたいです。父さんと母さんに。

初めて書いたラブレター

夫への手紙／かついさん（宮城県）

どしゃ降りの雨音に目がさめた。朝五時すぎ、あなたの呼吸が止まったと、病院から電話があった。

取るものも取らず、息子、娘と病院へかけつけた。

まだ体は温かかったのに。ただ呆然となった。

涙がとめどなく流れ、枯れるくらい泣いて泣いて泣いた。

あの日から、まもなく六月末日で十年目ですね。

「少し動いても、息切れするなぁ」と言いながらも、四月初めにはビニールハウスにトマトを定植、田植えもすませ、一度検査のつもりで入院したのに。

私が代わりに、野菜の配達して、スーパーの売場にならべてから、毎日病室に寄り、一緒にリハビリなどしましたね。あの時覚えたリハビリは、今も毎日続けていますよ。

六月初旬に赤くなり始めた初取りのトマトでジュースを作って持っていったね。

「もう赤くなったのか」と嬉しそうな顔で「うめなー」と飲んだ顔が忘れられないです。あなたは人一倍頑張りやだったので、ＪＡからインショップ出荷量一位の表彰状を、何度ももらったね。

あなたが天に昇った後も二位の賞状が届いたんですよ。あなたの弟さん達に手伝ってもらい、なんとか農業を続けて頑張っていた私を思い、息子は退職を早め、あなたの背中を追ってトマト作りに精を出し、七年目になります。そんな息子も一度、三位の賞状をもらいましたよ。あなたが作っていたのと同じ品種は変えないで、試行錯誤し、連作障害に強い接木苗を四月初めに定植しましたよ。

それからね、娘の長男に去年女の子が生まれ私もひいばあちゃんになったよ。六月一日で満一才になります。私達が作ったブロッコリーなどおいしそうにパクパク食べてますよ。笑顔があなたそっくり。

ね、聞いて、六十年以上も野菜作っているのに、ホーレン草の種えらび失敗して、春先、とうが立ち売物にならなかった。

私も息子もガッカリしてしまったの。でも「そんな時だってあるさー」なんてはげましてくれてるよね。

私ね、晩秋の空が好き。畑から見える蔵王の山並みが夕焼けに染まり、一番星が光る頃、なんだかあなたがそばにいるようで。大空に向って、手を振りあなたに呼びかけているよ。

いつだって空から、ずぅっと私達家族が頑張っている事を見守ってくれているんだよね。

会いたい、会っていっぱい話したいです。「老後はゆったり過ごそうな」って言ってたけど、百姓に定年はないから、体力が続くうちは手伝ってあげたいの。

だから、そばに行くまでもう少し待っててね。

かつい

大好きな　あなたへ

今は亡きあなたへ「天国へ　エアーメール」を

夫への手紙／があこさん（広島県）

去年の八月、あなたと永遠（とわ）のお別れをしてから毎日、手紙を書いています。天国に届くポストが見当らないまま、手紙の束はあなたの写真の前に置いています。やさしく笑いかける写真に「ありがとうございました」と語りかけ、小さな声で「ごめんなさい」を添えます。この写真は、あなたが54歳の写真です。生前にあなたが準備された写真が見付からなくて、娘がアルバムから選んでくれたものです。葬儀に参列下さった方は異口同音に「若い。」と。

私にとってこれはチロル地方をトレッキングした思い出のいっぱい詰まった写真なのです。遠くのアルプスの山々に見ほれ、行き交う見知らぬ人達とあいさつを交し、エーデルヴァイスの白い花との出会いに胸ときめき、恋人同士にもどれた旅でした。あの時、麓の村で手に入れた登山用のステッキと帽子を愛用されていましたね。今は骨折した私の支えです。

先日、卓球クラブの若者が「小池さん、団体優勝しました」と訪問されトロフィを遺影の横に飾ってくれました。亡くなる二ヶ月前まで練習に汗するあなたのことを暖かく見守り、元気をもらえたそうです。バックハンドのスマッシュはプロ級で、誰も受けられなかったそうですよ。「天国でも楽しんでますよ。」と笑いながら楽しそうに話してわかれました。

すい臓ガンとの五年間の戦いに耐え、命のかぎり生き抜いた父親を「真の男前」と娘が。お医者様を信頼し、治療に専念したのに術後三年目に再発。抗癌剤治療は苦しかったですね。ひと言も弱音をはかず、病と向き合い、緩和ケアに入ってからは、多くの友人たちと交流し、お別れランチを楽しみ、卓球もして思い残すことなく幸せのうちに人生に終止符を打ちましたね。私も同伴できて幸せでした。癌はこわい病ですね。体の中に生き物がいて遠慮容赦なく蝕むのですから。怪物と生存競争をしているように思われましたよ。でもね、あなたの死と同時に奴らも撲滅したのです。

この勝負、フィフティフィフティです。

宿敵の　すいがん坊主　道づれに
粋な花道　よっ！　男前

あなたへの尽くしきれない思いを31文字に託してみました。あなたがいらっしゃらない淋しさはいかんともし難いですが、頂いた数え切れないいいつくしみと、沢山の思い出を大切にして、しっかり歩いて参ります。
どうか、この手紙が、お手元に届きますように。お返事、来るまで待っています。

では ね。

あなた宜しくね

夫への手紙／片桐恵子さん（北海道）

とうとう来てしまった、あの日の朝。担当医から「今日かも……」と言われ続けて三週間目の朝、呼吸苦から解放されましたね。

あなたが眠るように目を閉じた後、「やっと楽になれたね」と息子と片方ずつ手を握り見ると穏やかに眠っているような顔に慰められました。七十四歳、肺がんでした。

病室のカーテンを、開けると昨日まで、咲き誇っていた桜並木が、朝陽に照らされきらきらと花びらが舞っていました——。

「あなたも見てたでしょう」それは神様からの最高の贈りものでしたね。

元気な頃、「この世から、お別れする時は桜の散る頃がいいね」と珍しく二人の意見が一致、顔を見合わせ笑ったね。「思い通り、その日に逝くなんて、なんと幸せな人でしょう」。自分でお願いしたご住職に最後の日を声明で送ってもらい。

みなさんと、お別れの時には「式場にプレスリーのラヴミーテンダーがいいな」でした。「聴こ

あなた宜しくね

えていましたか」。

更に最後は「遺骨は、大好きな積丹の海に散骨してほしい」と遠くを見ていましたね。息子が「お父さんの最後の願いだから、二人で思いを遂げてあげよう」と「奮闘してくれた姿を、観ていましたか――」

一年後、息子と二人で積丹ブルーの海に、赤いバラと大好きだった、ウキスキーとタバコと一緒に散骨し、「これでいいのね……」。

空も海も青い日でした。船長が「こんな凪の日は珍しい」と一緒に頭を下げてくれました。赤いバラが何時迄も波に漂っていました。

あなた亡き後、息子と同居し、お互い得意とする力を出し合って暮らしています。

五十歳半ばの息子が、ある日「天国へ逝っても、仕事あるんだね」と「どうして……」「人間関係で悩んでいた時、仕事で悪戦苦闘していた時、答えが天から降りて来た。その上、熱が出てコロナに罹ったと思ったのに、夕方には解熱し、検査も陰性だった」と。「お父さんが、助けてくれた」と感じた。私も同じような不思議を体感していました。

住む世界は違うけれど、今も確かに、三人で暮らしています。「今日も一日ありがとうございます」と手を合わせ、感謝の日々です。私も八十一歳、最後の時はあなたと同じ、桜の散る頃を願っています。「あなた、宜しくね、そして二人で息子の幸せ願いましょ」。「あなたが迎えに来てくれる日を、待っています。それまでごきげんよう」。合掌

無題

両親への手紙／山本泰子さん（鳥取県）

拝啓
父さんとレジャー用の椅子に腰掛けて、庭の草取りをしましたね。もう二十年近く前の事になってしまいました。二月のご命日で十九年、母さんの三月のご命日は十八年。そんなになるのかなあ。不思議な気持ちです。
病気ばかりしていて、いつが春なのか通り過ぎていく毎日、毎年。それから、やっと父さんといっしょに草を取れるようになっていましたね。そうしておいてお二人とも眠られました。少しずつ元気になって、もう八十歳。このごろでは、歩くのが遅くなりましたし、足があまり上がらなくなって、久しいです。布団にちょっとつまずいただけで小指の骨が折れたり。そうか、考えてみれば年寄りなのだ。上げたつもりの左足ったら、憶測の半分くらいしか上がってないし。そう、年寄り八十歳。
お二人が眠られてから、そろそろと、何種類かお花を育てました。家族の大好きなてっせん。

何色も植えてたくさん咲かせましたよ。花瓶に飾って、仏壇にもお供えしましたね。きれいだったでしょう。さくら草はたくさん植えて庭のフリルにしました。

かのこやてっぽうゆりは父さんが植えていたから、ゆりって少しうつ向いて咲くと思っていた年寄り家族。他の種類も植えたくて求めた花が赤くきれいに咲きました。それを見た瞬間「めずらしいなあ、このゆり上を向いて咲いている。」と父さんの声。

よく増える種類らしく、私一人になってから、八十本にもなりました。

植えたいなあ。むりかな。体力は植えれそうと思うけど。ここはね、ケアハウスなの。私は今、老人施設にいます。調子が良くない時、草が伸びると嫌だし、植えるからにはきれいにしなきゃあ気がすまない。やっぱり遠慮しています。

もう少ししたら、園内桜でいっぱいになります。先日うぐいすが鳴きました。昨年の桜のころ、めじろの大群も来ました。きじも顔を出す、丘の上の老人施設にいます。

ありがとうございました。お父さん、お母さん。

どれくらい生きれるかわからないけれど、そろそろと頑張ってみます。

敬具

今は亡きあの人へ伝えたい言葉

夫への手紙／小堀祥子さん（神奈川県）

貴方が逝ってしまってもう七年目です。

私二月の末で八十才よ。貴方の歳をこえてしまいました。でもね、誉めて下さいね。

貴方の残してくれたバーバーの店、細々だけど続けてますよ。自分の事は棚にあげてしまいますが、お客様は皆「いいお年頃」の方ばかりです。あなた、ありがとう。お客様という財産を残してくれて。その方達に支えられ七年。貴方が急に逝ってしまって私、美容師の仕事しかしてなかった。今やスポーツ刈りもできるのよ。貴方にもっと教わっておけばよかったと反省の日々を重ねてね。七十才位のお客様に「長生きして下さいね。僕行くとこなくなってしまうので。」なんて云われ、猿年の私は木の上に登りいい気になっているの。貴方がいたらきっとそんな私を叱るわね。

「俺お前を１００も愛しているのにお前はその半分も俺を愛してないよな。」昔貴方が云ってくれた言葉聞き流してたけど、今頃貴方の言葉が心にしみてきます。

貴方聞いて下さい。息子はこの頃私を年寄り扱いするのよ。朝仕事に行く前に「ちゃんとご飯食べてね。」「水分充分にとってね。」「火のもと気をつけて。」とか言って行くの。でもね。貴方に似てとても優しいのよ。彼が仕事休みの日など、私仕事終え家に帰ると、「フロわいてるよ。」そして夕食は用意してくれるの。そんな日は私皇太后様よ。

貴方が急に逝ってしまって、ずっと自分を責めてたのよ。貴方に気を配って、もっと、もっと大事にしていたら貴方はきっと長生きしてくれたのではないかしらと。本当に、ごめんなさいね。

今はね、貴方の店で、訪れて下さるお客様方と楽しくやってるわ。一日でも長くお店を守りたいの。

貴方の所へ大手を振って行ける日まで、ボチボチ頑張るわね。

遠くから、いつも見守ってくれて
ありがとう

七十代の方からの手紙

突然　逝ってしまったあなたへ

夫への手紙／関根トミ子さん（埼玉県）

お父さん、約束、まだ残ってるわよ。もう時効だなんて言わないでよ。八十才までは、旅行も、ドライブも、温泉巡りも、クワガタ捕りも、どこにでも連れていってあげるよ、と結婚する時約束してくれたじゃない。まだ十年残ってるわよ。私はひとり残されて、自分の人生も失って、ただ立ちつくしています。今になって、あなたがどれ程人生の案内人だったかを知る思いです。仕事も、遊びも買い物もいつも一緒だったからね。

あなたがプロポーズしてくれたのは、まだ二十八才で、私はあなたより七才も年上のうえ、二人の子供もいるバツイチでした。もちろん周りの大反対も承知の上で「これは指輪の代わり」と言って、自分の全財産を差し出してくれた時、その度胸、心意気に感動しました。楽しげな約束もしてくれました。この人とは、決してお金持ちにはなれそうにないけど、楽しい人生を送れそうと実感したのです。あなたは信じられる人でした。

小学一年生と二年生の二人の子供もすぐになじんでくれましたが、きっと父親になるあなたや、母親の私に気づかってくれたのだと思います。その後、五年間の不妊治療の結果、二人のあなたの子供を生んで、にぎやかな家族になり、今はどの子も独立しました。これからが私たち二人の青春だったのに……。

お腹の痛みを訴えたとき、私はさして重大には思わず、結局、翌朝救急車を呼びました。腸内細菌による感染症で、三日程の入院でオーケイだろうという判断だったのに、たった二週間であなたは逝ってしまいました。私はずっと『あの夜すぐに救急車を呼べば良かった！　お父さんを殺したのは私なんだ!!』という思いにさいなまれています。いい加減な私のせいだったのだと……。ごめんなさい!!

突然一人になって、辛すぎて、過呼吸になったり、声を三週間も失ったりしました。あなたのところに行きたい、会いたいと思い続けて五ヶ月。「お父さんは、泣き暮らしているお母さんを心配しているよ」と力づけてくれるのは子供たちです。やっと〝キモノ教室〟の設立に夢を見い出し始めました。

お墓参りのたびに『ありがとう』の墓碑の文字を見つめて話しかけています。

一時間でもいい、会いたい!!　大好きなあなた。ほんとうにありがとう!!

あなたへ

夫への手紙／小坂美智恵さん（静岡県）

主人と結婚したのは私が24才、あなたが26才で結婚40年目ちょうど65才を少し過ぎた時に、あなたは突然逝ってしまった。何の前触れもなく2011年の東北大震災のあった8か月後に。あの日主人は仕事が休みで、ゆっくりとお風呂に入り食事してテレビを見ながら突然、前に倒れた。私が「どうしたの？」と声をかけても返事がないまま起きあがろうとしなかった。私は異変に気づき、すぐさま救急車を呼んだ。15分後に来てくれて、そのまま病院に搬送された。その2日後に亡くなった。あまりにも早い死だった。今までいた人がいない、悪い夢を見ているようだった。けれど現実は苛酷なもので私の思いとは裏腹に葬式や煩雑な事務処理が待っていた。夜一人になると淋しさや虚しさが部屋に充満した。孤独だった。

ずっとこのまま平凡な日常が続くと思っていた。予測し得なかった主人の死を。

「ただいま、今帰ったよ、お腹すいた」マンションのドアを開ける元気な声、「アンズとモモはどうしている？」（二匹のネコの名前）と聞きながら食事する時、いつもどちらかのネコをひざの上に抱いて食べていたね。休みになるとネコのエサやネコ砂を必ず買ってきてくれた。父親の事業の失敗で大学1年の時大学をやめそしていろいろなバイトをしながら生活の糧を得て夜間の大学を卒業し2級建築士の資格も取った。若い頃から苦労の連続だったのにどんな状況におかれてもいつでも前向きで明るかった。仕事が忙しくても子供達にはやさしかった。あなたから学ぶことは大きかった。

これまで幾度となく人生の浮き沈みがあった。子供のことでも、けれどそれを主人に相談しながら2人の力でやってきたと思う。

どんな人でもそうだと思う。人生とは自分の道を生きると同時に助けてくれる人がいて互いに支えながら前だけ向いて歩いていくことだと思う。主人と出会い結婚して私が若い頃持ち続けていた固定観念や狭量な心を物事を広い視野から見つめることができた。

人生を短い時間で完然燃焼させた主人

そんな行動力のあるポジティブな人と出会えたことに感謝します。

ありがとう、あなた

私ももう残り少ない時間しかないけれど

あなたのように生きたいと思います。

智宏へ　息子との出会い、生きる喜びに感謝

息子への手紙／かっちゃんさん（群馬県）

突然の出来事だった。昨年の八月、私が出勤して間もなく、ケイタイの受信音が鳴り響いた。すぐに応答するとお前の母からで「智くんが倒れた」との悲愴な声。あわてて病院へ駆けつけたが、時遅くお前は帰らぬ人になっていた。

思えば今から三十九年前、我が家の長男としてお前が生まれた時は、自分の後釜が出来たことと一緒にスポーツを楽しむ機会が増えることへの期待で飛び上がって喜んだ。

それからは、家族の一員としてのお前との楽しい生活が始まり「お前のために何が出来るか」を思い描きながら子育てして来たつもりだ。

この期待にお前も応えてくれ、小学生時代は私の大好きな野球の世界に入ってくれ、二人で仲良くノックをしたりキャッチボールをしたよね。

その後、お前は中学生になると陸上競技の世界に転身し、中距離の選手として頑張ってくれた。とりわけ、中学一年と三年の時の校内マラソンの大会で、見事優勝したことや、高校三年と大学一年の時に県の百キロ駅伝で、チームの中核として活躍してくれたことは、親としての誇りでもあった。

その後、社会人になってからは、お前は社会の荒波にもまれ苦戦している場面も見受けられたが、その都度お前は私に相談してくれ、二人で何とか問題を解決できた時は、親子の絆をひしひしと感じた。

そんなやり取りの中で、お前はどんどん成長してくれ二～三年前からは、我が家のトラブルが発生すると率先して仲介役を担ってくれ、私に対しても自分の意見を言うようになったね。こんな息子の姿を見て、私はお前に「智宏が私に代わって我が家の柱になってくれて本当に嬉しい」と何度も言ったことを覚えているかい。そんな発展途上でのお前の死。死因は「急性心筋梗塞」とのことだったがもっと前に異変に気付いてあげられなかったか、悔いが残る。ダメ親父でごめんね。

私は今回の人生最大のショックを通じて、普段お前が生きていることは当たり前と思っていたことが、実はそれ自体私に勇気と希望を与えてくれていたことを思い知らされた。

私は今75才で、あと何年生きられるかわからないがお前が教えてくれた「普通に生きる」ことの大切さを胸に刻みながら残された家族の生活を支えていきたいと思っている。
我が最愛の息子よ。次のステージでまた会おう。
それまで待っていてくれ。指切りげんまん！

父（克博）より

桜

妻への手紙／武田重喜さん（東京都）

例年より1週間ほど遅い桜を見ながら、たまらない気持ちになった。思わず「和代……！」と叫びたい衝動に駆られた。最愛の妻和代は桜が好きで、毎年二人で近くの遊歩道を、桜を観ながら散策していた。

和代は昨年1月に膵臓癌で急逝した。直後は何か和代を思い出させる物を見ると、ガーンと頭を思い切り殴られたような痛み、ショックに見舞われ、昨年の桜は恐ろしくて見ることができなかった。徐々にそのショックは小さくなってきたが、それでも一緒に歩いた道では、「和代、何処にいるんだ！　出てきてくれよ！」という気持ちが続いている。無意味な事とは分かっていながら。

携帯に4年前に遊歩道の満開の桜をバックに和代を撮ったショットが残っている。今年思い切ってその場所に行ってみた。しかしその場所はすぐには分からなかった。わずか4年の間に、何本かの桜の木が茂り過ぎて伐採や剪定され、また別の植物も群生していた。変わってしまい、和代もいない遊歩道にやり場の無い悲しさ、空しさがこみ上げてきた。二人の思い出の場所すら無くなるのかと。そして、「和代、あのときは楽しかったね。そして、本当にごめん……、最期のときは……」と心の中にくすぶり続けている後悔、懺悔の気持ちが湧き出てきて、涙が止まらなかった。

和代はホスピスに入る前に息を引き取った。自宅に介護ベッドを入れてから一週間足らずだった。その間、夜は介護ベッドの脇の床に寝袋を持ち込んで添い寝した。訪問看護師から、「今晩あたり厳しいかもしれません」と言われた時、受け入れる気持ちにはなれなかった。無事翌朝を迎えた。そして翌夕方頃、和代が突然「あー……」と声を上げた。一緒にいた長男、長女と共に駆け寄り、声をかけ励ました。必死で長女の目を見つめる和代の瞳はいつもより灰色掛かって見えた。若干嘔吐したので、少しでも持ちこたえられる様、すぐに訪問看護に電話して必死に対処法を聞いた。だが、対処法を聞き終わり振り返ると和代は亡くなっていた。頭が空白になり、悲しさ空しさの感情すら吹き飛んだ。穏やかに最期を看取るというのは、理想的な空言なのか？

その後、看護師が来てくれ、和代の最後の世話をしてくれた。床ずれがあり、まだ腹には消化液などが大量に滞留していたとの事だった。口をきけなかった最愛の人、気づかず苦しい辛い思いをさせてしまった自分に、気の遠くなるような罪の意識に襲われた。未だにこの時の事は辛過ぎて思い出したくないが、忘れることもできない。桜を観て、この密かな追憶が一気に蘇った。「和代、本当にご免ね！　また二人で桜を観られる日を待っていてね！」

お母さんごめん　そしてありがとう

母への手紙／高橋正憲さん（兵庫県）

お母さん、あちらで皆んなと穏やかに過ごしていますか。

姉までそちらに逝ってしまい、何だかとり残された気分です。

水平線に沈む夕日を眺めていると、あせりすら感じる今日この頃です。

お母さん、覚えていますか。運動会当日の昼休み、生徒達は家族団らんテントの下でご馳走を頬張っている時のことです。

歯の治療が長引いたのかも、と思った僕は自宅に戻り、有り合わせで済ませることにした。兄も帰っていた。二人で、黙々と流し込んだ。

やがて、裏口から戻ってきた母は、二人のその姿を見るなり、絶句した。時を経ず、汗ばんだその頬に涙が伝った。これが、初めて見る母の涙だった。僕にとって母の存在は絶対的だったので、衝撃だった。

只、黙ってちゃぶ台に重箱を置き、風呂敷を広げる母。中には、巻き寿司やら好物がいっぱい入っていた。

『お母さん、御免ね』

僕は、心の中で繰り返し謝った。胸がふさがり、喉が開かなかった。昨夜遅くまで準備し、夜が明けきらないうちからコトコトまな板の音がするのを知っていたから尚更だ。

何十年も経った頃、僕は初めて声にして謝ったことがある。

「ほー、そんなことあったの」

時すでに遅し、とは正にこのことであった。

母は、長い間認知病を煩い、年々、酷くなった。時には叩き、時には身体にまたがり、首を締めたこともある。それでも、

「お父さん、お早ようございます」

と、次の日の朝には、両手を合わせ、笑顔で挨拶をしてくれる。その姿に、ホッと救われると同時に、おでこにできた青あざが、僕の心にトゲのように突き刺さりました。

今、三回忌を済ませた僕の家の玄関には、母そっくりな案山子（かかし）がいます。ドキッとすることもありますが、見守ってくれてるかな。

「お早よう！」

無題

友人への手紙／柴田修三さん（三重県）

葛山通雄君、君に年賀状以外に初めて手紙を書きますが、まさか、この手紙が君の死後になろうとは思ってもいなかった。君の死は、今年の一月に、君の実妹さんからの葉書で「兄は昨年の秋に長い闘病生活を終え、永眠致しました。」と知らされたのです。私は「エッ」と驚きましたが、すぐに、君が持病の腎臓病に対し透析治療を続けている事やその病気で将来に悩み苦しんだ末に、人生の選択をした「結婚、旅、職種等々」を断腸の思いで断念をした「さようなら」の答を聞いていた私は、涙ではなく「通雄君、君は闘病の金メダリストだよ。天国で、人生の再出発をしなよ。友を作り、学業を成し、社会人となり恋をして結婚をし、好きな絵の仕事で輝いてくれよな。」と祈り、その願いを天国に送ったから、君からの「柴田‼　お前な、おベンチャラを言うなよ……でも、ありがとうな。」の返事の手紙が届くはずだよね。私と君との歴史は、小、中学校の同級生仲間から始まったよな。通雄は、バスケット部、俺はバレーボール部。二人共、同じ体育館内で汗を流しながら、「柴田‼　お前、もっと真面目にやれ！」「喧しいわ！

お前こそバスケに集中せい!!」の互いの意地の怒鳴り声が耳の奥からフツフツと沸いてくるんだよ。そんな中学時代の間柄が、再会により再出発の機になったのは、六〇歳を過ぎた頃のある日の午前中だったな。場所は互いの自宅近くのショッピングセンターだった。偶然の出会いの「オゥ！」のひと声で始まった。この時にお前の口から、若い時から透析人生を歩んでいる事実。好きだった絵の才能を生かしての自宅でイラスト仕事をしている等を聞いていた俺は、君の優しさは変わらず、実直に現実を見る姿勢と力強さの君と再会出来た事は、神様からのご褒美だと思ったのだ。そして、二人の年賀状交流が始まったのだね。君の年賀状には文字が書かれてなくイラスト画のみだったが、私は、嬉しくて、楽しくて本当に宝物だった。毎年、年に一度の宝物の年賀状が待ち遠しかったよ。最後となった君の年賀状のイラスト画は確か、NHK朝ドラの五島列島の凧のイラスト画だった。今、このイラスト画を見つめ直してみたら、君の死の恐怖心と戦う「生きるぞ!!」の雄叫びが、聞こえたので、私も君に雄叫びを上げるぞ……「お前と二人で阿智村の星空の美しさやサロマ湖の夕焼け空の美しさを、じっーと見たかった。」とな。俺の口から出るのは「通雄君！　夢の中でラクダに乗って旅や。」の言葉

言えなかったこと

母への手紙／古本屋さん（東京都）

お母さん。


まだ、私のお母さんになる前、私と出会った第一印象は「笑顔の可愛い、人懐っこい子だなあ。」でしたね。

あれは、お母さんが39才、私が高3の6月。

私たちの年の差は21才で、姉妹の様に長い年月過ごしてきましたね。

実は、言えなかったことが幾つかありました。

今日は、そのことを手紙に書きます。


まずは、出会いの印象。

今でこそ新興住宅街と変わらない私の生家は、その当時まだまだ蛙のゲコゲコ鳴くド田舎でした。

都会から颯爽と現れたお母さんは、オレンジ色の鮮やかなセミタイトスカート姿でした。

初婚でしかも、兄と私の二人のコブ付きの父と結婚してくれる人を、気付いたら後姿をボーッと見送っていました。

そんな私に叔母が「おしりの大きな人だね。」と笑って同意を求められ、思わず大きく頷いていました。

言えないでしょう?


二つ目は、手帳をのぞき見したこと。

私は受験生だったのに、急激な生活の変化に勉強どころではありませんでした。

良い家族になろう。

そればかり考えていました。

夏休みも二人でお昼ご飯を食べて、再放送のドラマを見て、おしゃべりをして、あっという間に夕方になって、私、いつ勉強したのかしら?

そんなある日、鏡台の上に一冊の手帳を見つけました。

お母さんの手帳は、日記のようになっていました。

最近の書き込みに（今日、預金通帳を全部預かる。信頼されてうれしい。）

また、何日か前の書き込みは（夫は、どんな粗食でも「おいしかった。ごちそうさま。」と言ってくれるが、今日の冷やし中華は子供たちがとても喜んでくれた。うれしい。）

皆、良い家族になろうと一生懸命だったのね。

でも、のぞき見、言えないでしょう？


三つ目は、お母さんにどなられた事。

覚えてますか？

ちょっとした夫婦げんかで、私はお母さんに加勢しようと、お父さんを罵倒したらしいのです。

「お父さんに向かって何ということを言うの。謝りなさい！」と、物凄くどなられました。

私は一瞬、言い訳をしようと思いましたが、それよりも、真剣に叱ってくれたお母さんの気持ちがうれしくて、すぐに「ごめんなさい。」と謝りました。

これで、お母さんと本当の親子になれたと思った瞬間でした。

これは、言ってもよかったわね。

ずっと言いそびれていました。


まだまだ、話は尽きないです。

またの機会に手紙を書きますね。

大好きなお母さん。

恭さんへ　最後の手紙

親友への手紙／秋山れんげさん（兵庫県）

2024年3月1日0時2分
眠るように亡くなったとメールにありました。

スマホを開き、その知らせを見たときは3月2日12時30分ごろ、私は夫と〝道の駅北ハリマエコミュージアム〟のレストラン〝たにし〟のテーブルに落ち着いて一息ついたときでした。

弟さんからの知らせでした。

窓から大きな池沿いに柳が数本、黄色の花でボーっとかすんでいた。大木の見事な柳、昨日の暖かさと打って変わって寒く冷たい小雪もちら散くという日でした。

柳の芽 雨 また しろきものまじへ
久保田 万太郎

春の息吹の芽ぶく柳。でも今日は風花舞う冷たさ、ただ窓の外を見つめているだけの私でした。1年前に恒例の誕生日の長電話であなたは余命1年の覚悟を語ってくれました。明るくはっきりと〝思い残すことはないのよ、フクちゃん（ペット）は弟夫婦がひきとってくれるから。〟〝あなたからの手紙はどうしようかしら?〟50～60通はあったらしい私の手紙をずっと大切に持っていってくれたあなた。

私は実家とも、学生時代の友人とも遠く離れた兵庫県で暮らしていたので、母とあなたには折にふれ日常のあれこれ、悲喜こもごもの思いを手紙に書き綴っていました。母は私に返事はまれでしたが、私からの手紙は死後、形見のように〝へその緒〟と共にタンスの奥にしまってありました。そうとは知らずに私は最後の手紙を書いて母のお棺に入れました。あなたも母のように私の手紙を全て大切に持っていってくれたのですね。私はありがたくて胸がつまりました。

恭さん、18歳で知り合い、出会いは偶然でしたが、19歳のとき半年ルームシェアをして、友だち以上、姉妹のようにケンカもしたし、何より多感な、かつ自立の時代を何もかもお互いに感情の共有をした友。大阪と兵庫に就職したときは休日には出会いあこがれの京都や奈良の有名な寺院を巡りましたね。京都の北山杉を歩き、奈良の長谷寺を訪ね、学生時代には九州、宮崎の都井岬、大分耶馬渓、英彦山、日田を歩き回ったことをなつかしみ再びの青春を満喫しましたね。

恭さん、私が家族を持ってからは賀状、手紙のつきあいとなり、あなたは実家の佐賀で暮らしはじめて、遠い九州の地から私によくびっくりプレゼントをくれましたね。

性能のよい掃除機、防水CDラジオ、送るのが大変な大きな壁時計、昔の航海に使ったらしい液体入りのガラスの置きもの。防水CDラジオは今も家族が風呂でプロ野球実況を聞いています。唯一、美顔器だけは私には向かないグッズでしたが。

いつも心配り、気配りの細やかな温かいあなた。〝愛国から幸福行き〟の切符も私の結婚にわざわざプレゼントしてくれましたね。

先に生まれたから（ほんの2ヶ月だけど）姉のように親しんでくれた恭さん。

あなたの心づくしのプレゼントが家中に満ちて私の心を慰めてくれています。

あなたにも手紙をお棺に入れてあげたい。

牡丹の花のようにあでやかなあなた、朱赤の振袖が本当によく似合った20歳のあなた。でも好きな花は清楚な水仙だったよね。

お茶や三味線を嗜んでいた定年後、好きな音楽は洋もの。

すてきなあなたでしたが、私がいちばん好きだったのは、凛とした心構えや決断力、決して卑しい言葉遣いをしない品の良さ（育ちかな？）

姉のように私を支えてくれてありがとう。心からご冥福を祈ります。遠からず私も側に行くことでしょう。

また逢う日まで。　　ごきげんよう。

Ps私が佐賀を訪れて気球大会を見に行った秋
あなたが関西を訪れて鞍馬寺を共に巡った夏
昨日のことのようです。

思い出の〝あんパン〟

祖父への手紙／古谷充さん（群馬県）

俺が、

「ただいまあー」

と小学校から帰ってくると、

「ああ、お帰り」

といつも優しく笑って俺を迎えてくれた祖父。つまりは俺の〝おじいちゃん〟で。

いつもこう言ってくれたね。

「腹、減っただろ？　これで〝あんパン〟買ってこい」

と。そして、手に握りしめていた百円玉。おじいちゃんの手の熱で、あたたかくなった百円玉を俺の手にしっかりと握らせてくれたよね。あの百円玉のあたたかさは今でもよく覚えているよ。おじいちゃんのなんとも優しいあの笑顔と共に……。あの〝あんパン〟はほんとうにおいしかったよ。

じいちゃんとの思い出は、数えきれないほどあるけれど、どうしても忘れられない思い出がひとつあるんだ。それは授業参観。きっと俺のことが心配だったのだと思うけれど、参観日じゃない日も参観に来てくれたよね。ほんとうのことを言うと、あれ、恥ずかしかったんだ。でも、どうもありがとう。それほど俺のことを思っていてくれて……。

じいちゃんも天から見て知っていると思うけれど、俺にも孫ができたよ。おじいちゃんの孫の俺が、孫を持つなんて、なんだか変な感じがしないでもないけれど、でも解ったよ。孫がどんなにかわいいか、ということが。そしておじいちゃんが俺のことをいかにかわいがってくれたかが。

おじいちゃん、俺もおじいちゃんと同じくらいの年齢になったよ。

もう一度逢いたいよ。そして、話がしたいよ。あの〝あんパン〟を食べながら。

色々と思い出話をしようよ。

今度は俺が出すから。あの〝あんパン〟代の、百円……。

奈良の娘から高松のおじいちゃんへ……

父への手紙／廣岡佳子さん（奈良県）

「もしもし！　今日は朝から、安売りしとったからスーパー行ってたんや……」

「もしもし！　今日は、天気ええから、洗濯よう乾いたわ……」

「あっ、おじいちゃん？　今日も元気？」

「もしもし！」

もしもし！　から続く、長電話……

おばあちゃんの認知症が進行して、デイサービスに通い始めてからは、私とおじいちゃんの長電話が毎日の日課になるなんてね！

何もできなくなったおばあちゃんに腹をたてて、電話の向こうで怒ったりもしてたけど、毎日一生懸命だったね。掃除、洗濯、料理……その日のいろんなことを、ほんまにようしゃべったね……

そして、土日の「競馬」だけは、特別!! 毎週二人で漫才してるみたいやったわ。楽しかった。調教助手をしている孫の応援……！

私が前日、ネットで出馬表を見て孫の厩舎の馬が出走するレースを伝えると少し耳の遠いおじいちゃんったら、「えっ、なんて名前や？ 何レースや？ ちょっと待てよ！ 鉛筆がないわ……！ もう一回教えてくれ！ 何て名前や……もう一回！」だんだん大声になって……馬の名前、何回聞いたら気が済むねん！

ほんのちょっとの馬券を買うだけやのに、当日は朝からわざわざスポーツ紙も買ってね。私も頼まれた馬券を間違えんようにネットで買うてね。レースの時間にはテレビやラジオで一生懸命応援してくれたね。

応援、嬉しかったよ。ややこしい馬の名前を覚えたり、新聞のデータを見たり……すごい脳トレができて、長生きの秘訣やと思っていたのに……。

体調を壊して入院してしまったおじいちゃん！ 病室に駆け付けた時、「お前に電話かけてるのになぁ？ なんか電話通じんのじゃ！」「やっと声聞けたわ！」だったね！ 涙が出たよ！

……なんで、逝ってしもたん……！

ねえ、聞いておじいちゃん！

葬儀が終わって、すぐの競馬のレースで、孫の持ち馬が勝ってんで！

『競馬場まで応援にいっとったんやろ！』『おじいちゃんが、勝たせてくれたんちゃうか？』

って、みんな言うてたんやで！

電話からの、あのおじいちゃんの大声。いつまでも心に残ってるよ……！

『お疲れさま！　ほんまによう頑張ってくれたね。ありがとう！　おじいちゃん!!』

もうね……電話せんでもそこで見てくれてるんやね！　ほんでね！　これからもずーっと応援たのむよ！

娘　佳子より

追伸：施設にいるおばあちゃんのことも、ちゃんと見守ってね！

ひまわりの刻

夫への手紙／永田千恵子さん（長崎県）

パパ、あれからもう13年の歳月がたってしまいましたね。発病と同時に余命宣告を聞いた時、じっと床を見つめ涙も出ない状態でした。生きるのに精一杯で、仕事や家族や沢山悩んでいてもう限界まで来てたのかしら……死と向き合ってるのになぜか穏やかな表情に見えました。企業戦士で借金にも悩み、それでもあなたはへこたれませんでした。いつも「がんばるさー明日も頑張れるさー」って言ってましたよね。あなたは、ひまわりの花が大好きで「太陽に向かって咲くひまわりみたいに強く生きるんだ」って笑ってました。

あの時、庭のひまわりを見る前に入院……。青く澄んだ5月の空も、そろそろ梅雨仕度の雲にかわる頃、ベットの上で窓の外の空を見つめていることが多くなりました。

空に何を想っていたの？

「今年は夏の空とひまわりを見れないかも。」

私はその言葉を聞いて、病室をひまわりでイッパイにしました。病院のお花屋さんは早咲きのひまわりを毎日届けて下さり、ひまわりのブーケもプレゼントしてくれました。沢山の病室のひまわりは看護師さんの心も癒してくれ、仕事帰りも必ず寄って下さいました。

「チーに幸せあげられてたかなあ？　オレもうダメかも。」「チー、生まれかわっても又オレと一緒になってくれる？」ある日、力ない声でそう言ってくれました。

愛してる——なんて言ったことないあなたの「二度目のプロポーズ」でした。入院してから「絶対泣かない」そう決めてた私、もうこらえきれなくなりただ大泣きするしかありませんでした。心配してきてくれた看護師さんと廊下に出ると

「もう我慢しなくていいよ、イッパイ泣いてもいいんだよ」って抱きしめて下さいました。

しばらくして「あ、パパにお返事しなくては」そう思い病室にもどりました。でも、あなたは薬のせいで、又、眠りの中にいました。

それから目覚めることなく、静かな最後を迎えました。それは梅雨も終わりの頃、庭にはパパと私の涙雨が咲き始めのひまわりの蕾を悲しく濡らしていました。私は毎年5月から梅雨の候、「パパ逢いたい。」って空ばかり見ています。そしてあの時の返事を呟くのです。

「生まれかわってもあなたと一緒になりますよ。パパ幸せをありがとう」天国のあなたにそう伝えるのです。

夏の陽をあびて咲くひまわりに力強く生きたあなたを思い出し、がんばって生きてる私なのです。

六十代の方からの手紙

あなたに出逢えて

元夫への手紙／なかじゅんこさん（神奈川県）

あなたとの結婚生活は、たったの二十年。

けれど、波乱に満ちた楽あり苦ありの歳月でした。

人間不信だった私が、なぜかあなたの前では素直になれて、自然体でいられた。

二人の子供達に恵まれて、ごく普通の妻として母親として暮らせることが嬉しかった。


あなたの弱点は、職が定まらないこと、酒に溺れてしまうこと——。それがやがて、アルコール依存症という診断を下されてしまいました。

生活は苦しく、悪夢のような日々が何年も続いたある日、私は妻の座を捨てて、子供達と共に家を出ました。いつかまた一緒に暮らそうねーと約束して……。辛かった。

それから四年後、元姑からあなたの死を知らされました。その枕元には、私の家の電話番号が書かれたメモがあったと——。

あなたは、誰の声を聞きたかったのですか？　娘？　息子？　それとも……私ではなかったはず。だって、私はあなたを見捨てた人間なのだから。

あ、あ、私から電話をすればよかった。

会いに行けばよかった。

でも、怖くてそれが出来なかった。


あなたに出逢えなかったら、私は一生一人でいたでしょう。あなたに出逢えたから、家族の愛というものを知りました。

たった二十年の結婚生活は、私の人生の宝物です。

それは、決して美しく輝いているのではなく、けれど鈍い光を放ちながら、私の心を温めてくれているのです。

ありがとう——次に生まれて来る時は、酒が苦手な……でも、やっぱりあなたに出逢いたいです。

返事書かなくて　ごめんね

友人への手紙／はるみさん（兵庫県）

ごめんね、返事が遅くなって。最近調子は、どうですか。

大車輪、うまくできるようになりましたか。私は平均台が怖くて、すぐ体操部をやめてしまったけれど、ロジンバックでまっ白になりながら何回も何回も鉄棒にぶら下がって練習してましたね。

あの葉書をもらってから、もう50年が過ぎてしまいました。

中学2年生になった春の歓迎遠足の日、「お腹が痛いから帰る」と右腹を押さえ、ひとり坂道を下っていったあなたは、その日からずっと入院。お見舞いに行ったのは、ラジオから高校野球の実況が聞こえていた暑い夏の日。みんなとマンガを読んだり、病院の中をちょっと追いかけっこしたり、看護師さんから「ここは病院ですよ」と叱られたけれど、あなたは、とてもうれしそうでした。

「楽しかったから、又遊びに来てね」と、あなたから葉書が届いたのは、あと2日で夏休みが終わるという日。私は返事を書きませんでした。

2学期の始業式の日、白い菊に囲まれ、まるで別人みたいに顔のはれたあなたを見るなんて夢にも思っていませんでした。2学期には元気なあなたと学校で会えると信じていたから。


ごめんね。返事書かなくて、怒ってる??

でもね、でもね、私会いに行ったんだよ。病院へ。あの葉書をもらったあとひとりで。あなたいなかったじゃない。受付の人があなたは退院したと言ったから、私、元気になったと思った。

重い重い腎臓病だったたなんて知らなかった。

私は、今もあの中学校の近くに住んでいます。

中学校の前を通ると、校門からカバンを持ったあなたがニッコリ笑って出てくるような気がします。声をかけようと思うのですが勇気が出ません。だって、私はもう還暦を過ぎたおばさん。

あなたは、私のことがわからないですよね。

だから、手紙を書くことにしました。本当に返事が遅くなりました。


「葉書ありがとう、もうすぐ会いに行きます。それまで待っていて下さいね。」

母ちゃんへ

母への手紙／末継雅英さん（福岡県）

母は89歳で亡くなった。ほとんど病気をしたこともなく入院もしたことがない丈夫な体だったのでもっと長生きすると思っていた。近所の工場で長い間働いていたのだが、とにかく働き者だった。

料理・洗濯などとにかく何か雑用をしていて、ぼんやりテレビを見ていることなどほとんどなかった。もちろん父も働いていたのだがあまり裕福ではなかった。３人の子供を抱え、どちらかと言えば貧乏暇なしと言ったところか。

父が72歳でがんで亡くなった後ショックだったのか耳がほとんど聞こえなくなった。それでも体は丈夫だったので３人の孫を抱かせることができたし、遊ばせてやることもできた。親孝行と言えばそれぐらいのことしかできなかった。

記憶に残っているのは大学生で一人暮らしをしていた時、とにかくたくさんの手紙をもらったことだ。私はほとんど返事を書かなかった。最近手紙を整理してみてその膨大な数に今さらながら驚いた。４年間で１００通は越えるのではないか。内容はとりとめのないことばかり。野菜をたくさん食べろとか食に関すること。元気でやっているかとかたまには家に帰って来いとかこんなことばかりだ。

当時は何も思わなかったが、結婚し３人の子供を持つ今、返事を書いてやらなかったことを後悔するし、これだけの心配をかけ愛情を注いでくれたことに対して感謝の思いでいっぱいになる。

学もなく誤字脱字だらけの不器用な手紙なのだが、私にはこれだけ愛情のこもった文章は絶対書けない。

母ちゃん、私も高齢者となり３人の子供たちは成人してそれぞれの道を歩いています。今さらながらあなたが注いでくれた愛情の深さに驚き感謝しています。本当に心からありがとう。これからも私たちを見守っていてください。

母ちゃんへ

おかあさんへ

母への手紙／こうのゆうこさん（東京都）

「おかあさん」そう声に出してつぶやく時、私はいつも、おかあさんの笑顔が思い浮かびます。目じりにしわが少しよって、可愛く朗らかに笑うおかあさんの顔が。

私が24才の時、まわりからの祝福をうけて結婚したにもかかわらず、ちょうど1年目で婚家を飛び出した時、一番悲しんだのは、おかあさんでしたね。持病の心臓が悪化して、ペースメーカーをいれるほどに身体もこたえさせてしまったね。それでも私を一切責めなかった。しかも、うちひしがれて、あきらめもしなかった。おかあさんは、私のために「何とか」という一途の思いで、自分の恩師を訪ね、「助けてください」と救いを求めてくれた。そして、離婚からわずか半年で、再び私たちは復縁できました。あれから40年。私たち夫婦は、山あり谷ありだったけど、3人の男の子、3人の孫たちに恵まれて、なごやかな日々を過ごしています。

だけど、おかあさん、突然、おかあさんが交通事故で、私の前から消えてしまったのは、本当にショックだった。信じられなかった。おかあさんは100パーセント悪くない、青信号で歩

おかあさんへ

道を歩いていたのにね。その後私は、重いうつを発して、20年以上苦しんできた。うつは本当に苦しい。何度も、もうおかあさんの所にいってしまいたいと思ったことか。そして、「死にたいけど死ねない」の堂々巡りを超えて、ようやく私は今、元気になりました。

この頃ね、おかあさんが生きていた時に、私に言ってくれた言葉を思い出すの。

「ゆうこはね、60才過ぎてから、どんどんきれいになるわよ。素晴らしい人生が待っているわよ」と。なんてステキな未来予想!

何かね、このありがたい未来予想が、本当なんじゃないかなって、最近すごく感じるの。

64才は「前期高齢者」だけど、おかあさんがよく言ってた「今が青春、今が一番、今が一番輝いているの」。そんな宝物のような言葉を胸に、これからも、明るくいきいきと、毎日を楽しく生きてゆこうと思ってます。私の活躍を、おかあさん、みていてね! そして「ゆうこは、やっぱりすごいね!」って頭をなでてくださいね。おかあさんと私、いつもいっしょです。

いつも守ってくれてありがとう

夫への手紙／高砂浩子さん（北海道）

あなたのいない生活が4年半になりました。その間色々な事が沢山あったのにどう過ごしてきたか、心にポッカリ穴があいています。聞きたい事が沢山あるのです。

大好きな北海道に移住できたのに4ヶ月で急逝してしまって、無念だったと思います。私が実家に帰省してたった1日一緒にいられなかった日を選んだのは私の為だったの？　空港の保安場でお互いに手を振ったのが今生の別れでしたね。私はその時、胸がキュンとなり涙が出そうになりました。あなたも何か感じましたか？　私の乗った飛行機をそれはそれは綺麗に最後まで動画で撮ってくれましたね。

どんな気持ちでしたか？

あなたの中にいた私も消えてしまって悲しいです。

56才。若すぎてあちらでも体力が余っているのかな？

あの日からずっと、いつものあなたらしく一生懸命私の事を守り続けてくれて、ありがとう。

励ましてくれてありがとう。大切にしてくれてありがとう。感謝の気持ちでいっぱいです。あなたに出会えて夫婦になれてよかった。もっと末長く一緒に暮らしたかったです。

友人の「夫婦」を感じる時は？の問いに「大好きなドライブで俺が運転して助手席で、うちのがナビしている時」と言ってましたね。その通りの二人の歩みでしたね。


今生の別れの時に着ていたあなたのシャツにはまだシワが残っています。それをなでて泣いてしまいます。「もう、泣くな！」って言いたいよね。でもね、泣くと心が浄化されるんだよ。

私たちの愛猫いくちゃんも昨年21才であなたの元に逝きました。2人の幸せそうなお顔が浮かびます。近い将来私もそちらに逝きますから、その時は必ず迎えに来て下さいよ。3つの魂はいつも一緒ですものね。

あなたは天寿を全うしました。りっぱでしたよ。

私はそばでいつも見ていましたよ。私もあなたのように命を全うしたいです。あなたが喜んでくれるように。

応援してね。守ってくださいね。

信ちゃん、会いたい。会いたいな。

今年も丹頂鶴がつがいで飛んでいきます。

酒と釣りが好きだった父へ

父への手紙／中嶋知子さん（埼玉県）

父は大酒飲みで毎日酒を飲んでは大暴れ。そのくせ素面の時はほとんど何も喋らない人間で私たち家族はほとほと手を焼いていた。そんな父が嫌いで私は早々と22歳で実家を離れた。だから結婚して数ヶ月が過ぎた頃、父が突然うちを訪ねてきた時は本当にびっくりした。だって物心ついてからというもの、まともに会話したことなんてほとんどなかったし、酒を飲むところしかみたことがないようなものだったから。そんな関係だったから父の方から訪ねてくるなんて考えてもいなかった。何を話していいのかわからない私をよそに父は「唐揚げにしてくれ」とボソッと言うと左手にぶら下げていたビニール袋をポイっと投げてよこした。恐る恐る袋の中を見ると父がどこかの川で釣ってきたであろう小魚で一杯だった。ああ、そう言えば、と私は幼い頃父に連れられて釣り堀に行ったことをふと思い出した。父の唯一の趣味だったのだ。また、私にしてみれば数少ない父との思い出でもあった。そんなことを考えている間に父はさっさと玄関を上がり4帖半の部屋にどかり、と座り込んでしまった。そして買い置きの焼酎を片手に飲み始めた。やれやれ、と思いながらも私は台所へ行き魚に粉をつけ始めた。取り敢えず、差し向かいで唐揚げをつまみにして父は焼酎、私はビールを飲む。カリッ。うまい。とれたてってこんなにおいしいのか、と感激し、思わず私が「おいしいね」と声を上げると、父は「ああ」と言ったきりまたグイッと焼酎を空けながら唐揚げに箸を伸ばしている。こうしているといろんな思いがごちゃ混ぜになり言葉にならない。2人で黙々と唐揚げの山と格闘し、きれいに唐揚げがなくなる頃、父はさほど酔っているふうもなく、すっと立ち上がるとまたさっさと玄関に向かい、そのまま帰っていった。それ以来、父は亡くなるまでの間一度も訪ねてきたことはなかったのだが、私は父がまた小魚で一杯の袋を手に持ち、ふらっと尋ねてくるんじゃあないか、と期待していた。なぜかというと、あの時は言えなかったけど、酒以外の楽しみといえば釣りしかない父に「すごいね。こんなに釣れて。お父さんの釣りの腕前はすごいんだね。おいしかったよ。また釣ってきてね。ご馳走様。」って言ってあげたかったからなんだよね。お互い不器用だったんだね。たったそれだけのことが口に出せなかったんだよ。ごめんね。

亡くした息子に言っておきたかった思い

息子への手紙／中馬伸次さん（福岡県）

息子よ一体何があったのですか。決して私に本心を明かすことをしなかった。それが悔しくてならない。

4年振りに会ったお前は糖尿を患い、見ていて心配になる程痩せこけていた。食事のたびにインスリンを注射するのが痛々しかった。その痛々しい姿でまた愛知へと帰っていくお前を見送るのも辛かった。

「こっち（福岡）で一緒に暮らしたらどうや。仕事なら直ぐに見つかるから。何せまだ若いんやから。」と言ったが、お前はやっぱり帰ってしまった。今思うと、もっと強く引き留めていたら、と強く後悔している。

真っ暗なアパートで、電気もガスも水道もそして携帯までも止められ、一人淋しく息を引き取ることになったのだろう。

絶望して自暴自棄になってしまったのか。病気を拗らせたのか。管理人に見つけられるまで3

日間も、誰も救いを呼べなかったのか。

皮肉だな、今亡くなり失ってからお前のことばかり脳裏に浮かんでくる。とうとう最後迄、お前と本音で、腹の中を曝け出して話をする機会はなかった。私にも責任があったのだろう。

実りなき33年の人生だっただろうが、親より先にあの世へ行ってしまうなんて、最大の親不孝だぞ。

これから埋めようのない喪失感を抱いたまま、父さんも母さんもどうやって生きて行けば良いのか。

お前に多くを望んだ訳じゃない。

お前を見放した訳でもない。

だから生きていて欲しかった。死なないでいてほしかった。せめて側に居たなら、一人淋しく死なせる、なんてことはなかった筈なのに。

さようなら。安らかに。

これから私は笑顔を失くした母さんに、少しづつでも笑顔を取り戻してやらなければならない。

それが唯一私に残された希望でもあり、責務でもある。

今は亡きあの人へ伝えたい言葉

妻への手紙／フレッドさん（東京都）

２０１３年9月、彼女は旅だった。とてつもなく長く苦しい闘病の末だった。

あれから10年も経つというのに、思い出すと今でも涙が止まらない。

徐々に下がる血圧と浅くなる呼吸を前に、看護師は慌ただしく動き回り、延命のための昇圧剤注射を打とうとしていた。

「もうやめてください」「これ以上彼女に痛みを与えないで」「お願いします」「ごめんなさい、ごめんなさい」

50を過ぎた大の大人でありながら、泣きながら若い看護師に懇願する僕がいた。

彼女は25年連れ添った僕の妻。元気溌剌、運動万能で明るい性格の人だった。

30歳を過ぎた頃、まだ身体に大きな異変はないものの、治療の術がない難病であることがわかった。それから20年もの長きにわたって、悪魔のような難病は徐々に徐々に進行し、彼女の肉体ばかりか、意識さえも蝕んでいった。

最後は、7年半もの長きにわたって病院で過ごすしかなかった。


何でこんなことになってしまったんだろう。僕は、君にどうしてあげれば良かったんだろう。


あんなに辛い毎日を過ごしながらも、文句の一つも言わなかった君。

不自由な体になっても、勇気をもって外出しようした君。

何一つ悪くないのに、僕に謝り続けた君。

やがて寝たきりになり、7年半もの間、何を言っても返事をしてくれない君。


僕はどうすれば良かったんだろう。

君の一番そばにいながら、何もできなかった僕。ごめんね。本当にごめんね。


あれから10年、僕は60歳の定年を迎えて、第二の人生の在り方や、これからの生きる意味を考える機会が増えた。

でも、いつも思うのは、君の生きた意味とは何だったのか。ほんの少しでも生きて良かったと思う時があったのか、と思わずにはいられない。仏壇に手を合わせて聞いても、やっぱり返事は返ってこない。

おそらく、不甲斐ない僕のことを怒っているのだろうか。


その昔、若かりし頃、いつか定年を迎えた時には、二人で世界一周の旅に出ようと言っていた。ぜひ行きたいと思う。君の分までとことん楽しんで、悔いのない人生にしたいと思う。そして、この先一人でも多くの人に、この人生への感謝を伝えることができるような生き方をしたい。

一緒に行けないのは残念だけど、君との抱えきれないほどの思い出とともに行ってくるから。

いつか天国でたくさんの土産話ができるようにするから。

では、いつの日か天国で会える時まで元気に待っててね。でも当分そっちには行かないよ、なんてね。

ごめんね……ありがとう（呼べども返らぬ言葉）

夫への手紙／ムッチーさん（大阪府）

タコさん、タコさん、と私が呼べば『なんや？』と返事があったのに今では、私の声だけが部屋に空しく響いています。

貴方が、嫌みな事を私に言うので私が『タコ！』と言っていたら、いつしかそれが貴方を呼ぶ名になっていましたね（笑）

貴方が入院中の病院から公衆電話で自宅の固定電話に、いつも留守電にメッセージを入れてくれていましたね。

私が毎日の習慣で留守電を確認していたのが、今もその習慣が有り、いつも貴方からのメッセージが入っていないか確認しています。

貴方が入院中に『家に帰りたい』と言っていたのに、
なぜ貴方の希望通りに退院させてあげなかったのか、
退院していれば院内感染せずに、命を縮める事なく
細々とでも命を繋ぐ事が出来ていたのではないか？

私は、今も申し訳ない気持ちで後悔ばかりです。
辛かったね、しんどかったね、ごめんね。

タコさん『お前のせいで寿命が縮まったわ！』と怒ってよ。

部屋には着る人の居ない服、履く人の居ない靴が今も有ります。
見るたびに、もう貴方は居ないんだなと涙が止まりません。

貴方は口が悪く誤解を招く事がしばしば有りましたが私は分かっていましたよ。
貴方は弱い人、困っている人に親切で思いやりが有った事。

人から受けた恩は決して忘れない人で、真面目で朝から晩まで寝る間も惜しんで働き

老後に備えて一生懸命働いていたこと、その事で体を壊してしまいました。

貴方の70年の歳月は、体が弱いための体調不良、人間関係での苦悩の日々だったと思います。

体を大切にして長生きして欲しかったです。

まだまだ行きたい所、やりたい事があったよね。

今は、もう悩み事、胸や背中の痛みと苦しみの全てから解放されていますよね。

いたずら少年のような貴方の笑顔が好きでした。

貴方のジョークで皆を和ませて笑顔にしていましたね。

私は貴方に出会えて救われました。心から笑顔になれました。

私にとっては夫と言うより人生の先輩であり先生で貴方は私の恩人です。

タコさんお疲れ様でした。ゆっくり休んで下さい。

有難うございました。心から感謝いたします。

五十代の方からの手紙

当たり前なんか、ない

母と姉への手紙／福田日出男さん（東京都）

お母さん、お姉ちゃん
二人がいなくなって、来月で一年になります。
あの日、ブログに残した記事を
改めて読み返しています。
…………
当たり前なんてない
生きていることも、歩けることも
全ては奇跡

2023年5月8日（月）
母が黄疸のため入院。
その日から私と姉で、母のお見舞いがスタート
ちょうど、コロナが5類に引き下げられたので
時間制限はあるものの、お見舞いもできるようになった。

2023年5月13日（土）
午前中は用事があったので
普段とは違うルートでバスに乗ると、姉が座っていた。
〝珍しいことがあるな〟と思い
姉の後ろの席に座り、今後のことを話した。
「お互い大変だけど、しっかり母のケアをしていこう」と。

そして、一緒に病院を出てバス停へ。
姉と私は反対方向
姉のバスが先に来て、手を振って別れた。

2023年5月14日（日）
面会は私が担当だったので、母の元気な様子を姉にメールをした。

「よかったです。安心しました。明日は行きますので」
この返信が最後になってしまった。

その日の夜、姉の旦那さんから電話があり

お風呂場で倒れた。
意識はない
今、救急車が着いた
もしかしたら、ダメかもしれない

そして、また連絡があり
やはりダメだったとのこと。
そこから頭が動かない。

ついさっきまで元気だったのに
なぜ？
なぜ？

急いで病院へ行くと、冷たくなった姉が横たわっていた。
心不全だった。

嘘でしょ
現実？
夢？

体に鉛が着いたように重い
しかし、目は冴えている

これからどうしよう？

姉のこともそうだが
この事実を、どのタイミングで母に伝えるべきか？
退院するまで黙っているべきか？
きっと入院中に伝えたら
ショックを受けて、一気に悪くなってしまうかもしれない。
しかし、黙っているのも
嘘をついているようで忍びない。

２０２３年5月15日（月）
葬儀会場の手配、お寺の手配など
慌ただしく時間が過ぎる。

義兄だけでは大変なので
今月の仕事を全てキャンセルして
義兄と一緒に動くことにした。
本来、姉がお見舞いに行く予定だったが
私が顔を出し、姉が病院へ運ばれたことと

かなりまずい状態なので
覚悟はしておいてほしい、とジャブを打った。

母の顔が一気に変わった。

2023年5月16日（火）
姉の会社（一人で会社を経営）へ行き、やるべきことに手をつけた。
しかし、仕事はノータッチだったので
何をすべきかがわからない。

かかってくる電話で
何を依頼されていたのかが分かるほど。
できることは行い、わからないことはお断りをした。
夕方、病院へ行き、姉が亡くなったことを伝えた。
この時、初めて涙が出た。

母は覚悟をしていたらしく、気丈に聞いていたが
ショックは隠せず、先週までの姿とはガラッと変わってしまった。
私の人生が大きく変わってしまった。

何も食べたくない
何もしたくない
夜になると恐怖に襲われる

渦中は語るな。渦中を語ると愚痴になる
しかし、誰かに聞いてもらわないと
自分のメンタルがダメになりそう。

これは何のチャンスだろう?
わからない。
こんなチャンスいらない!
これから告別式
その前に備忘録として起こしておきます。

…………

お母さん、お姉ちゃん

寂しいよ
会いたいよ

でも、前を向いて歩いているからね。
大丈夫だよ。
安心してね。

明日が来ることは奇跡
当たり前のことなんかない。

今までも、これからもよろしくね！

最期の言葉

父への手紙／山田恵子さん（鹿児島県）

5月22日。

今日はお父さんの97回目の誕生日です。あの日から、もう6年が経ちましたね。空の上で好きな釣りや、盆栽の世話に明け暮れているのかな？　どうか痛みや、自分で導尿する辛さから解放されていることを願います。

どんな苦しいときも笑顔を絶やさなかったお父さん。母を労り、孫を心底愛し、私を心配してくれていた事を、今になってよく思い出します。

亡くなる前の年、島から長崎市へ航って来て、検査を終えて帰るフェリー乗り場で、2人で真向かいに座って色々話をしましたね。会話の内容ははっきりとは覚えていないけれど、あの時の周りの景色、雑踏の中に2人のいる場所だけに陽があたっているような情景が、今でも私の心の中で暖かく存在しています。

手術、抗癌剤、放射線治療を家へと帰るために乗り越えたお父さん。高齢な母には、家でのお世話に限界があって、二度と家へと戻ることはなかったね。遠距離での、介護とも呼べない私のお世話ではどうすることもできなくて、転院が決まった日のお父さんの涙は一生忘れません。私の息子達の写真を握りしめ「恵子、お父さんにはもうこの写真しか望みが残っていない」と絞り出すように話した、その胸の内を思うと、今でも締めつけられるような思いになります。若い頃から決して親孝行な娘ではなかった私でした。看護学校進学で島を離れるときも、就職に島を選ばなかったときも、鹿児島へと嫁いだときも、どんなときも反対しなかったお父さん。「お前の選んだ道だから、好きなようにすればいい」といつも笑顔で送り出してくれたね。思えばいつも、お父さんの言葉が私の背中を押してくれていたように思います。

亡くなる前の日、意識が朦朧とし始めて幻覚まで見えている中に在って、母へはありがとうという言葉を、孫に常に高みを目指して行けと、主人には皆を宜しくと言葉をかけてくれましたよね。そして、私へと遺した言葉が、その後の私の人生の分岐点となりました。

「お前は色んな人に助けられて今がある。これからは人のためになる人生を送りなさい」。

そして私は、25年ぶりに看護師に復職しました。通所介護施設で、お父さんにやってあげられなかった親孝行をさせて頂く日々。

それにしても、お父さんからの最期の言葉はえらく重い宿題だったよね。でも、おかげで人のためになることが、こんなにも幸せな事なのだと気づくことができました。ありがとう、お父さん。

最近になって、生前「恵子は自分が40歳のときに生まれた子、自分が身体も弱かったから恵子も身体に気をつけるよう言っときなさい」と母へ話していた事を聞きました。今になっても私を愛情で包んでくれているのですね。

いつかそちらへ行ったとき、精一杯親孝行します。そして、よくやったと言ってもらえるように頑張りますね。

待っててね

娘への手紙／猫屋敷管理人さん（静岡県）

みーさん、今あなたは誰と一緒にいる？
爺ちゃんには会えたかい？
あなたを見送ってから20年たっちゃった。
あっという間だったよ。この20年。
兄ちゃんは24歳、君が空へお引越ししてから生まれた弟君は19歳になったよ。
二人とも社会人になれましたわ。
（それなりにイケメンなんだけど彼女無し、ちょっと心配）

かーちゃんはこの20年で信じられない位貫禄がついたわよ。着物姿は「大おかみ」。20年前は「チーママ」だったはずなんだけどねぇ。人間の身体って簡単に変化するのね。
鏡に映る風呂上がりのかーちゃんは「ムーミンママ」に似ています。さすがにとーちゃんにも兄ちゃんたちにも全裸は見せてないけどね。

とーちゃんなんか、隙あらばお腹の肉つかんで「詐欺師」と平気で言ってくるし。

「昔のかーちゃんは枝のように細かったのに」って。

ひどくない？


温泉とか行く時にいつも思うんだよ。

一人で温泉行っても、湯船でジーっと誰とも話さないで、浸かってるのって、つまらないんだわ。周りは、おしゃべりしながらゆったり浸かってるからね。おしゃれなカフェもケーキバイキングもみーさんと行きたかったのね。かーちゃんは。

成人式の着物、一緒に買いに行きたかったし。

みーちゃんとしてみたかったことはね、兄ちゃんたちや、とーちゃんとは出来なかった事なんだよ。

だからね、かーちゃんが空に行った時には、二人で空カフェケーキバイキングに連れて行ってよ。あと、極楽湯も行ってみたいわー。

かーちゃんが空に引っ越したら、みーさんにも、爺ちゃんにも会える。かーちゃんが、とーちゃんと結婚する前に一緒に暮らしていたニャンコたちにも会える。

だから、人間の姿が終わって空に行くのも楽しみなんだよ。

待ってて《*》ね

かーちゃんには最後までお世話しないとイケない獣たちが沢山いるから、あと20年くらいは行けないけど、みーさん、待っていてね。

みーさんと同じ場所へ行けるように、今はちゃんと真面目に生きようって思ってるのよ。

兄ちゃんと弟君がちゃんと自立して、とーちゃんを見送ってからそっちに行くからね。

とーちゃん残していくと、いろいろ大変そうだしね。

もうしばらく、こっちの世界で頑張ってみるよ。

会えるの楽しみにしてるからね。

美咲もそっちの世界でのんびり楽しく暮らしていてね。

・・・・・・・・・かーちゃんより・・・2024.02.19・・

もっちゃん

友人への手紙／のりこさん（山口県）

コロナ明けの春、もっちゃんの実家の前を車で通ってみたよ。

その時、黒いワゴン車が横付けしてあって、もしかしたら会えるかもしれないと思ってバックしてみたの。会えれば、20年ぶりね。突然訪ねたら迷惑かな？　歓迎されないかもしれないけど。

この機会を逃したら、また会えないと思ったので勇気を出してインターホン鳴らしちゃった。出てきたのは、お母様で私を覚えていてくれたの。玄関の壁には見覚えのある、横向きの少女の肖像画。懐かしい香りに包まれて、嬉しかった。

「もっちゃん居ますか？」

「……あのこは3年前亡くなりまして。知り合いの多い娘でしたから、むしろ誰にもしらせないでと……」

ごめんね、その時ショックというより、その春私は何をしていたのかを想い出そうとしていたの。息子の受験だった。

そんな中、もっちゃんは苦しんでいたのね。

昔から、もっちゃんに頼ってばかりだった。社交的だから人気者だったよね。そして、どこか大人でいつも聞き役。

我慢し続けてキレると、許してもらえないけど。だから私に愛想が尽きて、結婚を機に会わなくなってしまった。

お母様はそんな私達にうすうす気づいていたのかしら？

「娘が書いたエンディングノートの友達の欄に、あなたの名前があるのよ」

たった一度の気持ちのすれ違いで、何十年も会わなくなった私達。まさか、友達として私の名前を残していたなんて。

きっと、気にかけてくれたのね。あなたはそういう人。

「娘のものは、生前婚家に持って行ったから、これしかないの……」

見せてくれた若いあなたの写真。お気に入りで、いつも着ていたワンピース。玄関の片隅には愛用の色あせた傘が、懐かしくて懐かしくて……

小一時間して、おいとましたけれど、お母様が私を見るたび、あなたを想い出して寂しくさせたくないので、これでおしまいにします。そうそう、玄関前に横付けされていたワゴン車がいなくなっていたの。あの車が私を引き寄せたのかしら。

もっちゃんの死を実感できずに、しばらく興奮状態でいろいろ憶測もしてみたわ。あなたの住んでいたマンションの前を通ると、住んでるのだと思っていたけど、最近は本当に居ないのだと感じるようになったわ。

最後に何話したっけ？

まだ私の中で、もっちゃんは健在よ。綺麗なままのあなたで、時が止まってしまった。だから、泣けないの。

いつか再会できる世界で、皺くちゃになった私がわかるかしら？　私はとりあえず、今の世界にいますね。あなたのことは、何冊の本にしてもまとめきれない。

楽しく、輝いていたあの頃、いつも寄り添ってくれた。

ただこれだけは言わせてちょうだい。

——ありがとう

英典へ

息子への手紙／市村祥男さん（栃木県）

改めて手紙を書くのは、初めてかもしれないね。

いつもはラインか電話でのやりとりだったから
英典がひき逃げ交通事故にあってから今年の9月12日で、5年になるね。突然亡くなってしまったから、死んでしまった事に気が付いていないか心配です。まだ事故現場付近を彷徨っているかと……

令和元年九月十二日早朝、奥さんから「英典が道路上で亡くなった」と連絡を受け、取る物も取らずに古河警察へ向かった事がまるで昨日の様な気がします。今、何処にいるんですか？

せっかく令和元年五月に入籍し翌年の三月には結婚式を挙げられるというのに……わずか結婚生活4ヶ月で、さぞ無念でしょう。

犯人はその日のうちに捕まりましたよ。その日の夕方には、自供したのに、ところが、犯人が私選弁護人を2人もたてて、その日のうちに黙秘してしまいました。そして拘留期限がきれてしまい保釈となってしまいました。自由の身です。悔しくて仕方ありません。しかも、担当検事Mが不起訴という結論を出しました。もちろん検察審査会へ訴えました。検察も審査会からの指摘が嫌らしく、一番重要な酒気帯び運転を外して道路交通法のみの起訴となってしまいました。英典はどう思いますか?

家族は悔しくて、悔しくて、仕方ありません。死人に口無しとはよく言ったものです。今も犯人の弁護士、検事、裁判官とで、期日間整理手続をしていて裁判が進んでいません。裁判はまだまだ続きそうですが、残った家族三人、力を合わせて頑張っていきます。とりあえず裁判の現状報告です。

英典の奥さんは、良い人を見つけ、新天地で幸せに暮らしているそうですので安心して下さい。英典が亡くなる前は結婚式に向けて、新郎の父として結婚式の挨拶をお酒を飲みながら考えたりするのが楽しみでしたが、まさか、英典の葬儀で施主として挨拶するとは思ってもいませんでした。

英典にとって俺はどのような父親でしたか?

ダメな父親でごめんね。

こんな父親に育てられた英典が、どんな父親になるのかを見届ける事を楽しみにしていました。

皆、初孫の顔を見たいと言うけれど、俺は英典が父親をやっているところを見たかった……

最後になるけど、俺も糖尿病でそろそろ、そちらへ行くと思います。その時は迎えに来てください。

早く逢いたいです。

英典を愛している父より

英典へ

どんくりのネックレス

母への手紙／奈良チカさん（奈良県）

5月にお母さんが死んでから、重い腰を上げ遺品整理した。そしたら30年前のカナダ旅行の写真が出てきた。懐かしかったー。

あれはわたしの20代の頃。カナダにワーキングホリデーで滞在していた時に、日本から遊びに来たお母さん。それが人生最初で最後の海外旅行だった。大切な思い出だったのね。他のアルバムや幼いころの古い写真はほとんど処分されていたけど、カナダのアルバムだけはそのまま航空券やレシート、観光地のパンフレットまで全て残してあった。

苦労の多い人生だったお母さん。自営での経営は赤字続き。父親と姑に自由を奪われ、働いてばかりだった。

カナダ旅行は、わたしが稼いだお金で航空券を送り、両親を招待した旅行だった。

飛行機が苦手な父は留守番となり、おかあさんだけがひとり、遥かカナダの地を踏んだのだった。

カナダでのお母さんは、ほんとうに楽しそうだった。

雄大なカナディアンロッキーでは山々を眺め深呼吸し、お土産屋さんでカタコトの英語で会話をし、大きなアイスクリームを笑顔でほおばり、海の見える公園を一緒に散歩したね。アパートの前にいるリスたちに、楽しそうにパンを与えていたお母さん。そんな写真といっしょに袋に入っていたネックレス。手に取り、思い出して驚いた。

おかあさんがカナダの地で、お土産以外に購入したものは、たったひとつだけ。木彫りの二つのどんぐりが揺れる安いこのネックレスだった。キャピラノブリッジに行ったとき、入口前で若い女の子が手作りのアクセサリーを売っていた。

無許可の露店で、おそらく子供向けのアクセサリー。ひとつ5ドル程度だったと思う。お母さんは笑いながら女の子に近づき、どんぐりのネックレスを手に取り、日本語で「これちょうだい」と言った。

自分の力で会話し、意思をもって購入したのはこれだけだったので、よく覚えている。子供じみたネックレスだったけど満足げに手のひらにのせ「かわいい」と笑った。「わたしが死んだらあなたにあげる」そう言って首に飾ってたね。

そのネックレスが、30年ぶりに出てきた。わたしは手を止めて、どんぐりをそっと触った。まだ、持っていたんだね。

アルバムといい、どんぐりのネックレスといい、お母さんにとってのカナダ旅行がどれだけ大きい経験だったのかを改めて感じたよ。

もちろん、どんぐりのネックレスはわたしの形見。わたしのアクサリーボックスには、どんぐりがコロリと転がってます。

あの日の母の笑顔を思い出し、カナダでの活き活きした姿を思い出し、そしてわたしの心の救いとなっているネックレス。お母さんは亡くなったけれど、大切な思い出とモノは、こうしてわたしを笑顔にしてくれている。

ありがとう、おかあさん。

やっと言える、ありがとう。

夫への手紙／八亀みかさん（山口県）

今日はあなたの誕生日。あなたの年齢は止まったまんまだけどね。子どもたちの記憶にも残るよう、今年はケーキを2個ずつ食べました。「よく食べるね」って、どこかで笑ってくれてたらいいな。

「もう逝ってもいい？」って聞かれて、答えられなくてごめんね。「孫を一緒に育てよう」って言ってたから驚いてしまったよ。呼吸も苦しそうだったから、あなたの選択に任せた。目を閉じようとするあなたに「子どもは？」と聞くと「ママがいるから大丈夫」。「私は？」と聞くと「えっ？」と驚いた顔をして笑いあったよね。それから目を瞑り、もう目を合わせる事もできなくなった。

その後、大変だったんだからね。

あなたが抱えていた問題を少しは話しててほしかったよ。子どもたちには「ママは大丈夫。ママがいるから大丈夫。」と思って欲しかったけど、子どもは「将来の夢」という作文で「ママがくろうしているので、楽にさせたいです」なんて書いてたよ。振り返ってみると、子どもたちの前で泣かない、パパの話はしない、と決めてたのがイタかったのかな？

確かに。1年くらい記憶がないよ。争うことが多くて人間不信になったりと、大変だったけど「何とか生活してる」事に気づけた。それから少しずつ子どもたちと笑うことが増えたんだ。一日一日が貴重で、笑い合う時間て大切だね。

あなたがいなくなって何度も思い出すのは、帰宅するとボーダーの長袖に黒の半袖シャツ、ブルーデニムという2人同じ姿で鉢合わせた時のこと。あれは面白かったね。ムカついた事もたまに思い出すけど、最近は楽しかった時を思い出してる。貴重な日々だった。あなたが素敵な理由を子どもたちに聞かせてるんだ。

もうなぜケンカになったのか思い出せないくらいの些細な事からの大げんか。私から話かけられずにいた時、糸口をくれたね。現実逃避のための一人ドライブ中、私の好きなアーティストの曲が流れて来るなんて。いつの間にインストールしてたん？　すぐに帰宅してしまったじゃないの。

やっと言える、ありがとう。

素敵すぎて、５回目の惚れ直しだったよ。
あなたとだから過ごせた時間は、そのどれもが美しいものだったんだね。
伝えるのが遅くなってごめんね。
ありがとう。

大好きなお父さんへ

父への手紙／鵜ノ澤暢子さん（静岡県）

お父さん、お父さんが亡くなってから2年が過ぎたね。私とお母さんの生活もお父さんが生きていたころとすっかり変わってしまったよ。1番大きな変化は去年の10月に私にがんが見つかったこと。ステージ4の直腸がん。手術ができないほど進行していて抗がん剤治療をすることに。抗がん剤の点滴治療は病院で4時間くらいやるから、認知症のお母さんを1人で家においておけなくて介護施設に入れたよ。お父さんが亡くなったときも寂しかったけどお母さんがいなくなったことにもずいぶん寂しい思いをしている。お父さんはいつも私のことを気にかけていてくれたから、私ががんになったなんて知ったらずいぶん心配しただろう。私が病気になったのがお父さんが生きていたころじゃなくてよかったと思っている。お母さんは施設で元気にやっているよ。お父さん、そちらの世界はどう？　元気にやっている？　お父さんが亡くなったばかりのころ、私は悲しくて、悲しくて泣いてばかりいたけど今は2週間に1度病院で抗がん剤治療を頑張っているよ。空から見ていてくれてるかな。抗がん剤治療で点滴をすると、副作用で具合が悪くなって長いときは1週間くらい寝込むけど私は負けない。まだお母さんを守らないといけないから。お母さんには2週間に1度面会に行っている。会うたびに痩せて小さくなっているみたいだけどお母さんはいつもほがらか。私が行くといつも笑顔を見せてくれる。

お父さん、大好きな私のお父さん、私とお母さんのことをこれからもずっと見守っていてね。

私も早く元気になって健康な身体を取り戻すから。お父さんの好きだったサイダーとお刺身をお供えするね。ばいばい、お父さん！　またお手紙書くね。

大好きなお父さんへ

繋いでいくね

友人への手紙／パンだるまさん（宮城県）

「私、たくさん背負っているように見えるだろうけれど、あなたが背負ってる荷物、分けてもらう余裕はまだあるよ。大丈夫だよ」
あの日、30年以上一人で抱えてきた荷物を、満身創痍のあなたは半分受け取ると言ってくれました。

覚えていますか?
東京から二人で乗った新幹線。
あなたの最寄駅到着直前のタイミングでしたね。

年齢こそ近いけれども、何もかもが正反対の私たち。

国立大を卒業して、専門職に就き仕事をしてきたあなた。
私は若くして結婚して、まともに仕事をしたこともない主婦。

共通点は、
子育て中の母親であること。
東北で暮らしていること。
そして、若くして同じ希少がんに罹患したこと。

たくさんの爆弾を身体に抱えながら、終わりのない治療を何年も続けているあなたは、いつも笑っていました。

くんちゃん、私ね、ほんとに自分が恥ずかしくなったんだよ。

だって私は泣いていたから。
髪の毛が抜けたと言っては泣き。
指先に力が入らないと言っては泣き。

挙げ句の果てには、何十年も一人で抱えてきたパンドラの箱を開けてしまい、泣き止む方法もわからなくなっていた。

「私だってツルツルだよ。鼻毛もまつ毛も抜けたよ。楽だよー」って笑うんだもん。

「(抗がん剤) 1発ぶち込んでくるぜ!」って、変なスタンプつけて、笑わせにくるんだもん。

面白くて、賢くて、優しくて、あなたは本当に最高の友達。

「小さなあなたを酷い目に合わせた人は私が許さないから。小さいあなたは私がヨシヨシするから、だから怖がらなくていいよ」って言ってくれたこと、死ぬまで忘れない。

小さい私と、小さなあなた。

寂しかった私たちは出会えたから、手を繋げたから、もう寂しくはないから。

くんちゃん、あきくんは立派な青年になったよ。

としさんも頑張っている、

お父さんと、お母さんはあの街に今もいるよ。

繋いでいくね

私は、明日も生きようと思う。
あなたに教えてもらった勇気を、別な誰かに渡したい。
あなたにもらった幸せを、別な誰かに渡したい。
あなたが私にしてくれたように、今度は私が誰かの荷物を受け取りたいのです。

そちらはどんな感じですか?
そっちでは、こっちではできなかったことをたくさん二人でやりましょう。
バラの育て方教えてね。

美味しいモナカを見つけました。
お土産に持たせてもらいます。
熱いお茶で一緒にいただきましょう。
その日を楽しみに。
またね。

これからの親孝行

父への手紙／福ゆたかさん（北海道）

お父さんへ

昨年の夏、あなたが天国へ行くまでに、私は何年お父さんに会ってないのでしょう？

私の知っているお父さんは、髪の毛を黒く染め、バリバリ仕事をしている人でした。

でも、何年ぶりかに会ったお父さんは、私の知っているお父さんではなかったです。髪の毛も真っ白で、すっかり痩せ細り、目を開けて笑ってくれることはありませんでした。あまりにも変わった姿に、私は現実を受け入れることができませんでした。

8年。そう私は8年お父さんに会っていません。『今のうちにおじいちゃんに会いに行った方がいいよ。』という娘の言葉にも私は動かず、会いに行くことはありませんでした。

私はお父さんが嫌いだったわけではありません。大好きでした。

小さい頃から兄弟にコンプレックスを感じ、反抗し、困らせていた私を『あの子は大丈夫』と信じていてくれたお父さん。私にとってあなたは救いでした。

離婚し、産まれたばかりの娘を抱え、途方にくれていた私に『いつまでもうちにいていいぞ』と言ってくれたお父さん。ありがとう。不安で一杯だった私はその一言で安心し、将来を考えることができました。

ずっと私を信じ、救い、守ってくれた大好きなお父さんに、私はなぜ最後まで会いに行けなかったのでしょう。

その時の私は会うことができませんでした。

私は胸を張ってお父さんに会うことができるほど、自分で自分を認めていませんでした。私は、自分にも周りにも認めてもらってからお父さんに会いに行きたかった。『もう安心だな。やっぱりお前は大丈夫だっただろ』って言ってもらいたかった。

小さい頃から兄弟の中で一番迷惑をかけ、心配をかけていたから、誰よりも親孝行したかった。でも間に合わなかった。

ずっと心配をかけることしかできず、会うこともできず、ごめんなさい。


今、私は人生の転機を迎えていると思っています。

大好きなお父さんに何も返せずお別れをしてしまいました。これからは、あなたが最も愛したお母さんに、お父さんにできなかった分まで孝行ができるように人生設計を考えています。

お父さんのお陰で私はやるべきこと、やりたいことが分かりました。今まで自分はどうしたいのか、何をするべきなのかわからず迷走していました。けれど、やっと進む道がわかったので、もう迷いません。今なら胸を張って会うことができます。お父さんのおかげです。

少し遅かったけど、見ていてください。これからの私はきっとお父さんが信じた私でいられるから。


ありがとう。大好きです。

これからの親孝行

四十代の方からの手紙

思い切ってやってみたよ

恩師への手紙／福澤あやめさん（神奈川県）

先生へ

先生が亡くなって、15年が経ちました。
先生に励まされて、新米教師の道を選んで早15年。
良く続けてこられたなあと思う反面、先生があの時
命を削って教えてくれた教師としての姿勢が
時を経るごとにますます鮮やかに思い出されます。
あの時の私は、自分には歴史を教えるしかできないと思っていました。
でも、先生はあの時既に癌を患っていたのに
教壇に立ち、さらに生徒指導も人一倍一生懸命されていましたね。お弁当を食べる時間が無い
から、と言って

お昼休みもヤンチャな生徒の面談をしていたのは
抗がん剤の副作用で食欲がなかったから、ですよね。

時々午後お休みを取って行っていたのは、葬儀社だったんですね。

先生のお葬式に行ったときに、先生がボランティアをされていた知的障害施設の子たちが歌を歌ってくれて、それが先生の遺言だったと、知りました。本当に最後まで、全部「終活」をされたのですね。先生の生き様、死に様を見て、あの時の私は、「自分にはこれしかできない」と限界線を決めるのではなく、何でもやってみよう、一度きりの人生なんだから、と、思いました。それから、歴史だけでなく、政治も、カウンセリングも、障害のある児童生徒の支援も、学び始めました。そして今、母親になって、幼児教育や哲学を改めて勉強し始めています。先生は私に「もっともっと、色んなことにチャレンジしろ」って、言いたかったんでしょう？

最近思うのは、一見何の関係の無いように見える学問でも、学んでいくと共通点がある、ということです。そして一見何の関わりもなさそうに見える人達も、集まると化学反応を起こす、ということも思います。新しい発想や、素晴らしいアイデアは、全然関係ない人たちの集まりや学びから生まれてきたりするんですね。先生は、もしかして、それを言いたかったの？　思い切ってやってみること、大事ですね。これからも色んなことにチャレンジし続けていきます。

先生、見守っていてね。

残された私ができること

親友への手紙／井上知樹さん（東京都）

「知樹、落ち着いて聞けよ。さっきサカちゃんのお母さんから連絡があったんだけど、
実は昨夜サカちゃんが……」

私は大学卒業後もサラリーマンにはならず、
塗装職人として働きながらミュージシャンを目指していた。
父親からの電話を受けた、建築現場の喫煙所のチカチカとした薄ぼけた蛍光灯。
その後、君の家に行った時の白く寒々とした部屋の景色が、
スローモーションにつながって今でも鮮明に覚えている。

『S字結腸癌』そんな病名はじめて聞いたし、
23歳でいなくなってしまうなんてよく理解できなかった。

サカちゃんと初めて会ったのは、
小3~小6まで通った町内会のソフトボールチーム。
君の兄ちゃんもお父さんも一緒に参加していて、
隣の町内だった私を暖かくチームに迎えてくれたよね。

あとほら、浜田省吾と佐野元春が好きだったじゃん。
私も中学時代から70年代ロックにはまっていたけど、
先入観で判断せず、まずは聴いてくれたのは嬉しかった。

中学卒業後も一緒によくライブに行っていたし、
私の贅沢な大学のグチも、ミュージシャンの夢も素直に話せた。
「イノちゃんはやりたいことがあってうらやましいよ!」
って、浪人中の君は怒らず真剣に聞いてくれたよね。

そうだ聞いて欲しい話があるんだ。
あの時話していたミュージシャンの夢は叶わなかったけど、
先日20年ぶりにライブハウスで歌うことができたよ。

出来ない言い訳ばかりグチグチ言っていたけど、
一人でも歌える場所は探せばあったし、なんとか間に合ったよ。
真剣に追い求めていると〝誰かが、どこかで〟手を差し伸べてくれるんだって、実感できた。
これでやっと少し前に進めそうだ。

そうそうあと実は今、仕事が絶賛ピンチの真っ只中。

今日、新しい勤め先になるかもしれない会社の面接に行くため、新幹線で大阪に向かっている。

ほんと、落ち着かない人生。

でも「変化するのは悪くない」って
考えられるようになったんだ。

こんなどん詰まりの時、いつだって思い出すのは
浪人中に突如病魔に襲われ、大学に行くことも叶わなかった
サカちゃんのこと。
とりあえず健康で、やりたいことができる私はかなり恵まれている。
そう気付くのに時間がかかってしまった。

なぜか多くの人は、明日も今日と同じ安寧の日が続くと思っていて、どうでもいいことに時間と金を使い、大事なことを先延ばしにする。

「明日で全てが終わったとしても、まーやれることはやったよね！」と思えるように生きよう。
そう考えられるようになったのは、サカちゃんのおかげです。

他にもつもる話があるんだけど、もうちょっとだけ待って欲しい。

最近上手くいかないことが多くて、少しなげやりになっていたけど、残された限りある大切な時間を精一杯生きるよ。
いつか胸をはってキミに会えるように。
心の底から笑顔で話せるように。

YouTubeで久しぶりに聴いた、君の大好きだった
浜田省吾の『J.Boy』
「Show me your way!」と叫んでいた。

天国で乾杯

父への手紙／紫苑《しおん》さん（大阪府）

十三年前の一月末、私の父は他界しました。

お通夜の時、参列した皆は口をそろえてこう言いました。

「筆まめな人だったけど、今年は誰にも年賀状が届かなかった。体がしんどすぎて書けなかったんだろうね。」

写真好きで筆まめな父は、毎年年賀状を作成する事に力を入れていたのです。皆の言葉を聞いて私はハッとしました。

私の嫁ぎ先だけには年賀状が三通も届いたのです。私と娘と夫宛てに、それぞれ一枚ずつの年賀状が！

父はもう長く生きられない事を予感し力を振り絞ってハガキを書いてくれたのだと分かり、私の胸はとても熱くなりました。

十三年前の一月一日、娘家族の帰省を心待ちにしていたのに私の仕事の都合で帰省出来なくて、そして最期の時には看取る事が出来なくて本当にごめんなさい。

一人ずつに想いを込めて書いてくれた年賀状は、今でも私達の宝物です。

私の父の心配の種、職を失い求職活動中の私の夫には
「飛躍の年でありますように。」

かわいい孫娘には
「田舎の海に泳ぎにおいで。待ってるよ。ほんとに。」

わがまま娘の私には
「音楽の道、応援します。」

私の実家は決して裕福ではなかったけれど節約と苦節を重ね、特技のピアノをずっと続けさせてくれてありがとう。

私の娘も二十五歳、本人の思う芸術の絵の道に進めてやる事が出来ませんでした。私自身が親になり、改めて父が与えてくれた物事の大きさに気づかされ、感謝の気持ちでいっぱいです。

そして父の様に、どんな時でも自分の事より周りの人の事を気遣える心を持てるよう、私も年を重ねていきたいです。

父は最後まで病室のベッドで周りの人の事ばかり気にかけていたようです。お通夜で皆言ってました。

「自分の事は全く構わん人やった。」

天国では自分を大切に、大好きなお酒とカラオケで楽しみ、ゆっくりと休んでね。

親不孝者の私は心配と苦労ばかりかけたけれどもう大丈夫。安心してね、お父さん。

それと実家の庭で貴方が植えた梅の木に綺麗な花が咲きました。初夏になって、お母さんが気が向いた年は、梅の実を摘み小包で送ってくれます。今年もし届いたら梅シロップを作ろうと思います。焼酎で割ったらとても美味しいですよ。本当はお父さんに飲んでほしかったけどね。

今も勉強し続けています

父への手紙／あらいまくさん（東京都）

お父さんへ

お父さんが亡くなってから、早くも18年が過ぎようとしています。研修医だった私も、今や管理職です。毎日慌ただしくも、充実した日々を送れていると思います。この18年で、お父さんの命を奪った癌に対する治療法も、ずいぶん変わりました。あの時、治療として提示された薬剤は、今はほとんど使われていません。薬の選択、とても悩みましたね。従来の抗がん剤と、新たな薬剤、どちらが良いのかいろいろと調べて、足りない知識と経験を総動員して、結果、新たな薬剤を私は薦めました。それはとても効いたけれど、途中から肺の副作用が出てしまい、使えなくなってしまいましたね。その時に、お父さんがぼそっと、従来の抗がん剤が良かったのかなと言ったこと、鮮明に覚えています。未熟な私は、治療の選択に関して、私の意見を尊重してくれたことに、初めて気づきました。治療を選択するときに、私は本当に怖かったけれど、お父さんの方が不安でしたよね。

医学も進歩を続け、新たな治療薬が開発される度に、今、お父さんが診断されていたら、もう少し長生きできたかなとつい、考えてしまいます。大事な人を守りたい気持ちを糧に発展してきた医学の長い歴史の中で、次の世代にバトンを渡すまで、もう少し努力を続けていきますね。

お父さんが、ずっと勉強だって、言っていましたから。あとね、今の私が18年前に戻っても、従来の抗がん剤ではなく、新たな薬剤を勧めたと思います。でもあの時よりも、お父さんと一緒にもっと悩んで、相談して選択できたんじゃないかな。

もっとたくさん教えてもらえばよかった

祖母への手紙／井上志保さん（神奈川県）

最近よく思うんよ。「あ～これ、おばあちゃんに作り方聞いとけばよかった！」って。

高校卒業して実家を出て、もう30年近く経つけど、いまだにタケノコとかフキとか都会のスーパーでよう買わんよ。そろそろワラビも出始めとるかね。ここ数年は梅干しも毎年作りよるし、去年は干し柿もやってみたんよ。

子どもの頃は干し柿のあの白い粉、カビかと思っとって正直食べるの嫌じゃったけど、おばあちゃん。あれ、すごい上手にできた干し柿だったんじゃねぇ。嫌がってごめんね。

おばあちゃんはなんでも手作りしとった。足踏みミシンで作れんものはなかったし、田んぼも畑も一人でやりよった。

うちもね、だんだん野菜とか作りとうなって、あれこれ植えるようになったよ。でもなかなかうまくいかんね。あんなに畑に野菜取りに行きよったのにね。ぬか漬けも塩漬けもやってみるけど、すぐにカビが生えるよ。これはほんまのカビよ。


おばあちゃんはどうやって作りよったんかね。

あぜ道の草刈りした後の草集めも、ヨモギ摘みも、お餅丸めるのも、土用干しの梅ひっくり返すのも、栗のイガ取るのも、松茸狩りに行くのも、おばあちゃんに頼まれてお手伝いするのが面倒くさくて、適当にやっとったけんかね。

いざ自分がやりたくなってやってみても、うまくいかんのよ。


おばあちゃんは長生きしてくれた。おらんなってから今年で6年。

でも、いろんなこと聞きたいのは今なんよ。

なんで元気なうちに聞かんかったんじゃろうって、後悔してもしかたないよね。

せめて秘伝のノートでも書いといてもらえばよかったわ。


おばあちゃんのひ孫たちももう大きく育ったけん、そろそろうちはそっちの近くに戻ろうと思っとるんよ。

帰って山やら畑やら見ながら暮らしたら、またいろいろ思い出すかね。うちが作ること好きなんは、おばあちゃんのやること見とったからじゃと思うんよ。
おいしい干し柿できたら、お墓にもっていくけんね。待っとってね。

前を向いて

母への手紙／天宮清名さん（埼玉県）

ねえ、お母さん、今朝めずらしく幸ちゃんが自分で起きてきました。

「ほくろのおばあちゃんが夢に出てきた！　いつもみたいにドアのかげに隠れて、『幸ちゃん！』って飛び出してきたよ」とうれしそうでした。いつもなかなか起きない幸ちゃんを、起こしてくれたのかな。ありがとう。


お母さんが天国に行ってから、もうすぐ8年になりますね。幸ちゃんは、もう高校2年生です。病弱だったのに、中学からバスケを始めて、ずいぶんたくましく男の子になりました。

幼い頃、お母さんのおでこのほくろを取ろうと一生懸命になり、口をとがらせていたのがなつかしいです。「ほくろのおばあちゃん」と呼び始めたのは、幸ちゃんでした。

お母さんが大好きで、小さな頃は別れ際に「帰りたくない」と毎回大号泣していましたね。お母さんのお葬式で、過呼吸になりそうなくらい泣いていた幸ちゃんを、お母さんもとても心配していたと思います。

幸ちゃんは、今もお母さんからもらったたくさんタオルを毎日寝る時に使っています。タオルのほつれを縫い直しながら、ずっと大切にしていますよ。

「困ったら、いつでも言いなさいよ」とお母さんはよく言ってくれましたね。だから、私は相変わらず毎日のようにお母さんに話しかけています。いつも話を聞いてくれてありがとう。

どんなときも「大丈夫よ」と明るい声で、肩をポンっとたたいてくれたお母さん。9年半前私がガンになったと伝えた時にも、いつもと同じように「大丈夫よ」と言ってくれましたね。お母さんが亡くなってから、その後お母さんが泣いていたことをお父さんから聞きました。私には動揺を見せずに、いつも通りに接してくれて、ありがとう。たくさんの「大丈夫よ」のなかで、あのときが一番力強かったです。今でもはっきりと覚えています。

私の1年半におよぶ抗がん剤治療に、お母さんは毎回付き添ってくれました。それなのに、お母さんの病気に気付けなくてごめんなさい。

私の最終治療日に、少し体調が良くないから付き添えないと連絡をもらい、そのまま入院して、たった3か月の闘病で旅立ってしまうなんて……。

私の治療中、「あなたの代わりに私が病気になれば良かった」と言っていましたね。たくさん心配をかけてしまい、ごめんなさい。もしかしたら、私を命がけで助けてくれたのかもしれないと何度も思いました。

どうしてこんな運命だったのかと悔やみ続けましたが、今の私は前を向いて進むと決めました。

お母さん、今日も見守ってくれていますか？ 心配しないでください。私は元気です！

おかあさん　へ

義母への手紙／はなこママ娘さん（宮城県）

逢いたいのに　叶わなくなって
3回目の夏が来ます。

子どもたちの（晴れ着や受験合格、卒業・就職・進学自立生活のアレコレ……積もりに積もる
巣立ち・変化の）話も出来ぬままに。
GWや長期休みの予定先にあの場所が
欠落ちたままに。

アナタの居ない日々は
あっという間に過ぎ。

失ってすぐほどの悲しみからは、
時間を経て　立ち直ってきたけれど。
埋められない穴は
ポッカリと
ジワジワ広がったり
変形しながらも
そこに　あって。

話しを聞いて欲しい時、
おかあさんが言いそうなことがよぎった時。

声を聞きたい時、
声が聞こえた気がした時。

温もりを感じたい時、
私より低い身長差のおかあさんが抱きしめてくれた時の手の当たる感覚を思い出した時。

おかあさん　へ

たまらなく
逢いたい。逢いたい。逢いたい。

あいたい。
アナタに
アナタの居た場所に
かえれるなら
かえりたい。

幼い子のように泣きじゃくって
叶えてもらえるなら
泣けるよ、いつだって。
いくらだって。

アナタと私は
『お義母さん』と『再婚した息子嫁』の
立場なんだけど。

バツイチ子持ちの私を
何も問い詰めず
実家（産みの母）と隔たりあった私を娘として想って受け入れて接してくれて。
連れ子2人に対して血の繋がりとか関係無しに
むしろ濃い愛情を持って
育ててくれる側に居てくれたこと。

過ごせた時間と関係性の密度を思えば
アナタは　私の
『おかあさん』

感謝してもしきれないほど、
アナタの愛は懐は
私と子ども達を受け入れてくれて。
まだ、
まだまだ、
アナタの愛にヌクヌクと浸かっていたかった。

おかあさん　へ

もっと
もっともっと
アナタへ愛を返せる場面（時間）が欲しかった。

アナタが余命を宣告された時
私にある寿命を分けたかった。
もっとこれからの時間も
一緒に同じものをみて・食べて・嗅いで・触って……時を過ごしたかった。
進学・就職・新生活に悪戦苦闘する子どもたちの姿を共に見守って、あーだのこーだの言い合いたかった。

何より　私・子どもたちにとってアナタの存在は大きな大きな
癒し・励みであり
華やいだモノだから。

かつてのアナタがしてくれたような愛溢れた人でありたい。
常に味方・受け入れてくれる懐を持ちながら

時に厳しいことを言ってくれる
あたたかい　心強いおかあさん　になりたい。

『召された方を想うと
向こうで花が降る』……らしい

朝起きた時　出かける時
写真のアナタを見る時
モヤモヤをアナタに問うてしまう時
いつも　いつでも　四季折々の花が降り注ぐよう話し掛けてるよ、

アナタの名前でもある
『ハナ』
おかあさん

私がこちらに居る限り
アナタのもとに（頭上に）

花が（感謝の詰まった花が）
降り注いで
アナタらしい『がっははは～』の笑顔と
共にありますよう。

そっちに行くまで
見守っていてね。

そして　また
そっちであえたら
一緒に縁側でお茶を飲みたい。

おかあさん　へ

玲子へ

親友への手紙／ヒロミさん（神奈川県）

玲子、元気？　玲子はあっちの世界にいるから元気？って聞くのは変かもしれないけど。でも、思いうかぶのは玲子の元気な姿ばかりだから、元気？以外に何て声かけたらいいかわからないよ。

玲子があっちに行ってしまってから、もう17年も経つんだね。玲子が行ってしまった年に生まれた姪っ子は高校2年生になったよ。

玲子は、「結婚式には呼んでね！」が口ぐせだったよね。10年前、結婚式を挙げた時、誰よりもまっ先に玲子を呼びたかったよ。でも、なんだか玲子も来ているような気がしていたよ。ひょっとして来てた？　玲子は、いつも私のことをヒロミって呼んでたね。私はひろこなんだけど。玲子に話したいことたくさんある。結婚した事、子供が生まれた事。玲子なら祝ってくれるよね？　子供は、今年小学3年生になったよ。

玲子と、旅行に行きたかった。行っておけばよかった。

一緒に東京湾花火大会に行ったよね。帰りは色々あって船で帰ったよね。B'zのライブも一緒に行ったね。朝までカラオケで歌ったね。玲子といる時は、いつだって楽しかった。

玲子、あれからたまに玲子の夢を見るよ。一緒にごはんを食べている夢とか。本当はまだ生きているの?とか思ってしまう。


玲子、玲子はしあわせだった?

玲子はきっと、もっと生きたかったんだよね。結婚もしたいって言ってた。夢もあったのかもしれない。

私はもっと、一日一日大切に生きなきゃいけないね。

玲子の分まで、大切に、しあわせに生きるよ。

玲子が行ってしまった時、玲子は27歳だったね。玲子がどうか生まれ変わって、今度は長く、しあわせな人生を歩めますように。

玲子へ

玲子とよく行った町田に久々に行って、大学生の頃の夢を思い出したよ。私は、玲子と遊んでいた学生時代、作家になりたかった。私は生きているから、頑張って夢を叶えるね。

玲子、私と出会ってくれてありがとう。私のこと、親友だと言ってくれてありがとう。玲子は、永遠に私の大好きな親友だよ。

玲子は、空で輝く星でいて。私は、この地上で輝けるように毎日過ごしていくよ。そして、たまにはさわやかな風になって、私に吹いて。

それじゃ、いつかまた会える日まで。

元気でね。

大丈夫やからな

母への手紙／suika53さん（高知県）

お母さんと声にだして呼ぶことがなくなりもう11年やで、あの春からずっとお母さんとは心の中でしか話ができひんなった。あれから毎年春になったらお母さんが大好きやったタケノコをお義母さんが炊いてもってきてくれてるで。ちゃんと届いてる？　お母さんが作るやつより甘いけど掘りたてをすぐ茹でるからえぐみ全然ないねん。お母さんのはいつでもちょっとえぐみがあったやんな。お義母さんの気持ちが嬉しくて私は大事にされている気持ちになんねん。梅雨がきて梅干しをお母さんみたいに漬けて、梅シロップは子供たちのために、梅酒は数年後の自分のためにせっせと作ってるで。夏には野菜の揚げ浸しやな。暑くて食欲がおちてきても冷やしたあれがあればおいしくてなんぼでも食べられるなあ。茄子を甘く煮て冷たくしといたやつに生姜をすったやつを、ちょこんとのせるあれも作るけどお母さんのみたいにばっちりの塩梅にはまだなったことないねん。なにが違うのか教えてほしいっていつも思う。9月がきたら栗がでるのを毎日気にして大きくてきれいなやつをみつけたら買い込んでは何回でも栗の渋皮煮を作る。お母さんは本当にいつでも台所で手を動かしておいしいものを私たちに食べさせてくれててんなあ。まだまだあるで、お味噌も最近作るようになってきてんで、お母さんみたいやろ。お母さんがしてくれたことをできるだけ私も子供にしてあげたいねん。おいしいご馳走が作れた時はお母さんに食べてもらいたいなといつでも思う。叶わへんのにな。お父さんも頑張ってるで。部屋はぐちゃぐちゃやけどもうあれは仕方ないな。好きに生きたらいいと思ってみてるねん。お母さんがいいひんだけでしんどいねんからせめて自由に好きなようにしたらいいわと思ってる。悠々自適に見えるけどいつもどおりのお酒飲んでもやっぱり寂しそうにみえる。そら寂しいわな。何年たっても消えへん。この穴っぽこみたいな空洞の感じは。寂しくて仕方ないときあるで。泣きたくなるときあるで。話きいてほしい時、それが叶わへんてゆうことに悲しくなる。お母さんもおじいちゃん、亡くなっていつもこんな気持ちやったん？　こんな気持ちもって私たちを育ててくれてた？　気づいてあげれんかってごめんな。こんないっぱい時間たってもお母さんに会いたくて会いたくて。涙って渇くことないねんなあ。なんぼでもでてくる。でも頑張ってるで大丈夫。みんなそれぞれの道を生きてる。みんな強いで。私も強い。お母さんに会いたくて泣くけどだから強いねん。お母さんにかっこわるいとこみせられへんもんな。お母さんがいたら甘えたり頼ったりしてももっとなんもできひんままやったかもしれんな。大してなんもできてへんけど自分でなんでも決めてやらなしゃあないからな。ありがとうお母さん。会いたいわ。会えるかな。死んだら会えるかもしれんって思うから早く死んでみたいけどそういうわけにもいかんしな。もうちょっとこっちで頑張るわな。お母さん多分言ったことなかったけどだいすき。ちゃんと生ききるから安心してまっててや。みんなでまた家族しよな。ありがとな、やっと言えたわ。

大丈夫やからな

きっと喜んでくれてると。

妻への手紙／keiさん（静岡県）

あなたが
僕と息子の前から消えてしまって
19年。

息子も25歳になりました。

今年もあなたのお墓に二人で行きました。

その時、息子が
「正直、知らない人の墓参りの感覚なんだよね」と言いました。

きっと喜んでくれてると。


ああ、この子の中にあなたがきちんと生きているんだと嬉しくなったよ。

小学生の彼には当然背負いきれず
自分も他人もボロボロになるまで傷だらけにした彼が大人になり、あなたを過去に出来る様になった。心の内はわからないけど口に出せる様になった。

きちんと向き合って、自分の中で感情を丁寧に折り畳んで整理をして、強い子に育ったよ。

あなたが妻でよかった。

優しい美しい息子をありがとう。

来年、息子はあなたと同い年になるよ。

また、会いに行きます。

K、一緒に行こう！　僕に憑いておいで！

友人への手紙／荻原恵造さん（富山県）

ナイスセーブ、からの特大パントキック。ゴールキーパーである君が守る自陣ゴールから、勢い良く蹴り出されるサッカーボール。高く薔薇色の空を舞う。中学生時代、あの狭いグラウンドでチームメイトとして共に汗を流したね。一時期、部活のことで思い悩んでいた僕に、「お前が辞めるなら俺も辞めるよ。一緒にがんばろうぜ。」と言って、励ましてくれたK。君のおかげで何とか3年間サッカーを続けることができた。根性なしの僕にとって、この思い出はいつまで経ってもキラキラと輝いていて、くじけそうな僕をいつでも奮い立たせてくれるんだ。

それからたった2年後、君は一切歳を取らなくなった。元キャプテンからの電話。僕は思わずその場に座り込んだよ。死因は自殺。何ともやるせない、やむを得ない事情だった。長野に生き、長野に死んだK。

あの時君が僕にしてくれたように……こんなことになってしまう前に……僕は君のそばで励ましてあげたかった。僕らは別々の高校に進学したから、それができなかったね。「今まで散々助けてもらったお礼に、今度は僕が君の相談に乗るよ。」一言だけでも伝えられたら良かったのにな。

葬儀の場で君の担任が、涙ながらに君のエピソードを語っていたよ。文化祭のリレー競技で、君のクラスは最下位が決定していたのにも関わらず、君はアンカーとして全力疾走だったね。その勇姿に心打たれたクラス全員がアンカーの君を追いかけた。そして、皆で同時にゴールテープを切った話。あれは本当に青春そのものだった。今でもたまに思い出すよ。

葬儀の行われていたお寺から一人また一人と知人が去っていく。そんな中、僕はしばらくその場を離れることができなかった。それは心の中でずっと呟いていたことがあったから。もしも守護霊とか背後霊とか……霊の存在が実際にあるならば、「僕に憑いておいで。」と。

僕に憑いてきてくれたら、たくさんの話を聞かせてあげる。たくさんの人々に出会わせてあげる。あの狭いグラウンドよりも、長野よりも……もっと広い世界へと君を連れて行ってあげる。

この思い、君に届いていたかな。

K。僕は今、富山の地で教職に就いているよ。自分が今まで周りの皆にしてもらったことを少しでも恩返しできるように。自分の存在が誰かの助けとなるように。できているかなあ。もしも、今僕のそばにいてくれているのなら、「ナイス！」僕がシュートを決めた時みたいに、満面の笑みで僕のことを迎えてね。

ばさまへ

祖母への手紙／すずさん（北海道）

ばさまが急に旅立ってしまってからもう4年が過ぎたよ。
ばさまがこの世に居ないって事、今でもウソでしょ？って思っちゃう。

みんなで大集合した2019年の大晦日の夜
「これおいしいプリンだなぁ〜」ってニコニコ喋っていたばさま。
2020年の元日の、まさかその日の夜に亡くなってしまうなんて、誰が信じる？
農家の長男の嫁として大変な事がいっぱいあったと思うのに、いつもチャーミングで、おとぼけで、かわいくて、シャキッと働き者だったばさま。

扇風機のコードにつまずいて腕を骨折して入院したときも、自分のことは自分でしようと洗顔

タオルを自分で絞って怒られたり、
80代の頃、6時間にも及ぶ心臓の大手術をしてICUにいたときも、
「美顔ローラー持ってきてくれないか?」って、こっそり私に伝えてきてみんなを驚かせたり、
畑で使う機械の作業中に、服の袖が絡まって腕が巻き込まれ、危うく切断しなきゃいけない位の大事故だったのに、
「こんなみすぼらしい汚い身なりのまま病院なんて行けない!」と、わざわざ着替えに戻ったばさま。
挙げればキリが無いけど、やっぱりとんでもない女だわ!

えのき茸の味噌汁を見るたびに、猪木の味噌汁って言ってたなーって思い出す。

日常生活の中で、ふいに写真を撮ろうとしたら、
「ちょっと待って!」と必ず櫛で髪をとかして身なりを整えようとしてたよね。

毎年熱中症になるんじゃないかと心配になった農作業と敷地内の雑草取り。
雑草の存在をばさまは絶対に許さなかったよね。
あれを毎年欠かさず、亡くなる歳までシャキッと仕事をやり続けていた事も尊敬する。

お裁縫もすごい！

ものを大切に使う精神からあみ出された、斬新なリメイク作品の数々。

今考えたら、ばさまは誰よりも先にサステナブルを取り入れていたよね。


晩年まで、結構な距離の道のりを自転車でスイスイ漕いでいた事もあっぱれだったよ！

90代とは到底思えないそのパワフルさと女子力の高さで、最後の最後まで、ほんとうにギリギリまでの時間を使って、その天寿を全うしたよね。

羨ましいよ。かっこいいよ。憧れるよ！


でもね、残された私たちは寂しくてたまらないよ。会いたいよ！


あの大晦日のプリンの味。

身なりを整えたばさまの肌艶のいいニコニコ笑顔。

この先もずっと忘れない。

ありがとうね。だいすきだよ！

そうだばさま、遺影の写真はとびっきりかわいいのを選んだから安心してね♪

ばさまへ

三十代の方からの手紙

たくさんの学びをくださったあなたへ

担当だった患者さまへの手紙／愛葉優さん（熊本県）

お久しぶりです。いかがお過ごしですか？　大切に思っておられたお子さまたちは、もうみんな社会人になられたと思います。お母さん思いの優しいお子さまたちです。優しいままに育たれ、イキイキとご活躍のことと思います。そして、あなたはいつもお子さまたちを見守っておられるのだと思います。

20代半ばの未熟な看護師の私と出会ってくださり、ありがとうございました。華奢なお身体で、どこか凛とされている。それがあなたの第一印象です。余命の短いあなたとどんな関わりを持とうか、どんな会話をしようかと緊張していたことを覚えています。

いろんな会話をしましたね。子どもさんのこと、お金のこと、どうしたら安心して自宅に退院できるのか、それから旦那様との馴れ初めや美味しいそぼろの作り方など、聞かせてくださいましたね。

夜勤中にドーンと花火の音がすると同室の方とどこから見えるだろうとそわそわされ、「見たいですか？」と聞くとウンウンと目をキラキラさせて頷かれましたね。即席で廊下の窓に椅子を並べ急遽始まった秘密の花火鑑賞会。花火を見られている姿を「転倒しませんように。急変しませんように。」と祈るように見守っていました。（実際には見守ることすらできない忙しい夜勤で、祈るしかありませんでした。）満足そうに「終わったよー！」と笑顔で教えてくださった時、ものすごくホッとしたのが最近のようです。

一時退院され自宅で過ごされた後、他の病棟に入院され旅立たれたと聞きました。とても綺麗なお顔だったと聞いております。

あれから何年も経ち、私はあの時のあなたと同じ年齢になりました。あなたのことは人生の節目節目で思い出し、あなたにどこまで思いを寄せられていたのかを考え、反省し、泣きました。出産した時は子どもを残して旅立つことがどれほど苦しいのかを、自分自身が入院した時には離れて過ごす我が子のことをどのように思われていたのかを、そして同じ年になった今、あなたを思います。

あの時の私は余命を受け入れられないあなたとご家族が、どう一緒に過ごせる時間を充実して悔いなく過ごせるのかを一番に考えていました。それがいちばん大切だと思っていました。けれど愛する家族や守りたい人ができた今、辛い現実と向き合うことや受け入れることがどれだけ苦しいことなのか。頭での理解と追いつかない感情や行き場のない不安、そこに現実に向き合うように関わってくる看護師――。あなたの本心に私は寄り添えていたのかと、今も振り返ります。私はあなたに寄り添えていたでしょうか。私はたくさんあなたから学び、今も考え、これからもきっとあなたを思います。

あなたがくださった「あなたの笑顔で他の人も救ってください。」のお手紙。今も大切に持っています。私と出会ってくださり、ありがとうございました。

愛のチカラ

父への手紙／井野絵里香さん（東京都）

「ぼくは死にません、あなたが好きだから」どんな理由だ。

小学校低学年の私に衝撃的なこの台詞は『１０１回目のプロポーズ』という一九九〇年代のドラマのもの。

それ以降に生まれた方にはご存じないだろう。わたしが覚えている限り、毎日、この台詞を芸人がブラウン管の画面越しに過度な演出を加えてモノマネしていた。

子供の私はドラマを観させてもらえず、台詞の意味が全くわからなかった。父がそれをみてゲラゲラ笑っているのが嬉しくて、つられて笑った。

それから十年。愛する父は天国にいる。

「ぱぱ、亡くなったって」

帰宅するなり母がそう言った。私は、感情が無くなり本能で母を抱きしめた。母を抱きしめるのは人生で初めてだった。


父は昭和の親父だった。毎日、仕事後スナックでカラオケを歌い、酒を飲んで夜中に帰宅し私に絡む。


「ぱぱ、お酒くさーい。どっかいけ」

「なんて娘だ、絶交だ」

と拗ねて寝る。


朝は早く起きて仕事前にジムへ行く。泳ぐことが好きでジム仲間と遠泳にも出た。調子に乗って若者からもらったタトゥーシールを足に貼って私に見せる。


「ぱぱかっこいいだろう」

「そうかもね」

父は癌で二年間、闘病した。弱音を吐かない父がたまに病院からメールを送る。

「こうがんざいがんばるよ」

漢字も打てないのか。苦しかった。

その反面まだ生きている証拠としての安堵もあった。

友達には言えない。同情されたくなかった。同情では父の痛みは和らがない。

いや違う、いつも明るい私でいたいプライドだったと今、思う。

今年で十周忌。幸い、母は心身ともに元気だ。今度、母娘で韓国に行く。ときどき元気だった頃の父の思い出話もする。

「ぱぱは、海外出張多かったよね。韓国のおみやげが海苔だけで怒ったよね」

父の死を受け入れられず、亡骸を見なかったからかもしれない。

ふとした瞬間、どこかからヒョコっと
「よぉ、久しぶりだな」
いつもの感じで父が出てくる気がする。

それは父の思い出が生きているということ。
それは
「あなたは死にません、私があなたを好きだから」
ということ。

愛があれば人は死なない。

みさきめぐり

パートナーへの手紙／あおにあんずさん（大阪府）

またあなたに会えたら
あなたがこの世からいなくなってからのたくさんの出来事を
いつもみたいにコーヒーを飲みながら
ゆっくり聞いて欲しい。

「あれもこれも言ってやるんだ！」
「あなたがいなくなって大変だったんだから!!」

って思っているけれど、
あなたを目の前にしたら
そんなこと全部吹き飛んでしまう気がしています。

初めて出会ったときみたいに、
緊張しながらかしこまって話をしてしまうかもしれません。
「辛い思いをさせてごめんね。ひとりで頑張ってきたこと、全部知ってるよ。ごめんね。ありがとう。今度こそ、また会えたね」
いつもと変わらない優しい声で包んでくれたら嬉しいです。

あなたと過ごしたあちこちの場所に
自分の意志で足を運べるようになりました。
3年もかかってしまって。馬鹿みたいで笑えるでしょう。
リハビリみたいに「よし！　大丈夫だ!!」って思いながら、
一カ所、一カ所巡っています。
こんなことをして何になるのかなって自分でも思っています。

「あぁ、感傷に浸っているんだね」って嘲笑されるかもしれない。
何の意味があるのでしょうね。
何の意味もないのかも。

お金も時間も労力も浪費してて、
あなたのことを気にせずに、さっさと切り替えて生きていった方が賢くて、正しい生き方なんでしょうね。

弱いとか、現実に向き合いたくないから逃げてるだけだ、とか。
あなたのことを言い訳にしているだけかもしれないし。
そんなことも、半分の自分は分かっている。

あの日。

私を絶望から救い出してくれた日から、
7年も経ってることに驚いてしまいますね。

またいつものごはん屋さんで、
「そんなこともあったね」って、
斜向かいに座りながら日本酒の盃を傾けましょう。

あーあ！
はやく、またあなたに会いたいなぁ！！！！
あなたと見た丹後の海は、今年もとても美しいです。

あの時の言葉

祖父への手紙／高木建二郎さん（福岡県）

じいちゃんがいなくなって色んな話を聞きました。

例えば、次男として生まれて、婿養子として実家を出なければいけなかったこと。

次男として生まれたぼくを「可哀そうだ、可哀そうだ」といって、もし寺に預けることになったときのために「大観」という大層な名前をつけようとして、はじめて母ともめたこと。

ぼくが大学に合格したときも、「褒めたらダメになるけん」と言って、直接褒めず、母に金を渡して「良いもん食わせ」と言っていたこと。

病院に入って、誰がお見舞いに行っても弱音を吐いていたのに、京都の大学に通っていたぼくが戻ってきたときだけ元気になって、一緒にいた母や叔母に説教していたこと。

最後に会ったとき、ぼくの手を握って、自分の胸に手を添えさせて、ぼくに何かを一生懸命伝えようとしてくれていたね。ぼくは怖かった。じいちゃんが死んでしまうことが怖かったというより、こんなに苦しいのにそれでも何かを伝えようとする、そして必死に「次男の先輩」としての威厳を、優しさを見せようとするじいちゃんを理解できないことがこわかった。

いまでもじいちゃんがあの時、ぼくに何を伝えようとしていたかわからないけれど、ぼくはあの時、掌で感じたじいちゃんの心音が忘れられません。仏壇に手を合わせる度にあの時のことを思い出して、あの時の言葉を探しています。今は、きっと一生懸命生きようとしてる自分の姿を伝えようとしてくれてたんだな、と一人で納得しています。違うかな。

いまでも親戚で集まると、じいちゃんはぼくにだけは優しかったっていう話が酒の肴になります。病院のベッドの上でぼくの前だけ、威厳を取り戻す姿はみんなを今でも笑顔にしています。

ありがとう。

じいちゃんみたいに三人の子どもを育てるのは多分難しいけれど、去年ぼくにもひとり子どもができました。20年、30年経って、ぼくがじいちゃんになったとき、厳しくも優しい、そしてずっと親戚みんなの心を温めてくれるじいちゃんみたいな存在になれたらいいな。

ぼくも最後までじいちゃんみたいに必死に生きようと思う。それがきっと子どもや未来の孫にも伝わるよね。次に会ったときは「じいちゃん」同士やから、あの時、ほんとに伝えたかったことを教えてください。そして、一生懸命生きたぼくを褒めてください。

そのときまで、もう少し待っといてね。

十年間、ありがとう、お疲れさま

愛犬への手紙／大西悠貴さん（兵庫県）

ここちゃんへ

元気かな？
病気は治ったかな？
寂しい思いはしてない？

君が突然の病気で天国へ旅立ったのは一月の雪の降るすごく寒い日だったね。
親兄弟と仲が悪かった僕にとって君は初めてできた「家族」であり「子ども」だったんだよ。

十年一緒にいた、たった一人の家族のいない部屋。静かな部屋。僕は思い出の詰まったこの家から引っ越そうと思う。新しい住所を教えるから君も天国の住所を教えてね。一緒に過ごしたこの家を出て行くのは君との思い出ごと捨てていくようで罪悪感があったけど、ある人が言ってくれたんだ。きっと君の居場所は家じゃなくて僕の中にあるから大丈夫だよって。そうだといいなと思ったよ。

君が亡くなってからもう二ヶ月が過ぎるんだね。春が来るよ。一緒にお花見に行く約束も果たせなかったね。最後に何も思い出を残してやれなくてごめんね……。

こないだ、まだ子犬の頃によく一緒に遊びに行った公園を見てきたよ。草の茂みからまだ小さな君が元気よく飛び出してきそうな気がしてまた泣いてしまったよ。でもこの悲しみや切なさが薄れていく必要はないんだと僕は思う。この先も僕は弱い自分でいたいと思うんだ。時々、そっちへ会いに行きたくなる時がある。でも周りの人たちがなかなかそうはさせてくれない。僕は君の気持ちが知りたい。

最近ね、家を出る時、暖房にタイマーをつけそうになることが少なくなったんだ。君が留守番中に寒くないように毎日つけていたね。僕は怖いんだ。君のいない生活に慣れてしまうことが。当たり前になってしまうことが。時間って残酷だね。君がいなくなった日がどんどん遠くにいくのが今はどうしようもなく寂しい。春なのに。春だから。季節が僕たちを置き去りにしていくような感じ。もうずっと春なんて来なければいいのにね。

あの時以来、僕は生まれて初めての感情を抱いているんだ。ありがとう、ごめんね、楽しかったね、よくがんばったね、そんな言葉のどれでもない全ての感情を凝縮したような言葉にならない言葉。君と過ごしたかけがえのない時間。楽しかった思い出、思わず笑みがこぼれるような仕草の一つ一つ、二人で病気と必死に闘った日々の辛さや苦しみ。それらを決して時とともに美化される思い出ではなく、ありのまま覚えていてあげたいと思う。悲しみに暮れることなく、時々、君との思い出に涙しながら、君の分までしっかり生きていきたい。きっとそれが君への一番の供養になると僕は信じているから。

たくさんの幸せをくれて本当にありがとう。


「お疲れさま、ここちゃん」

あの頃のあなたに近づいて

母への手紙／くりりんさん（神奈川県）

「お母さん、なんでいつもイライラしているの？」

幼いころは、あなたに対して、いつもそう思っていました。

正直、あなたの機嫌を損ねないようにと顔色を伺い、良い子であろうと振る舞っていました。

とにかく怒られたくない、そんな思いでいっぱいの子ども時代でした。


離婚して、女手ひとつで子ども４人を育てたあなた。

決して楽なことではなかったと思います。それでも、私たち子どもの前で弱音をはくことはありませんでしたね。

父親の代わりも果たそうと必死で、心に余裕がなかったのだろうと理解はできます。

それでも、あなたにきつく叱られたときは、ひどく悲しかったものです。

大人になり、あなたの対応がつらかったことを正直に話したときがありましたね。

あなたは、困ったように笑い、「ごめんね。あのときは心に余裕がなくて」と謝ってくれました。

それと同時に「でも、あなたもきっと、親になったらわかるよ」とも言いましたね。

そのときは、「私は絶対、お母さんみたいにはならない」と思っていました。


しかし、あの頃のあなたに近づいた今、なんとなく、あなたの気持ちが分かってきました。

私も、仕事をして、子ども二人を育てるなかで、イライラしない日はありません。つい、子どもに対してきつく言ってしまうことがあります。

そして、その後に必ずやってくるのは、罪悪感です。

「あぁ、今日も優しくしてあげられなかった」

「なんであんなきつい言い方をしてしまったのだろう」

そんな思いを胸に、子どもの寝顔を見ながら、謝っています。


そういえば、あなたも、私が寝ているときに、頭をなで、頬にキスをしてくれたことがよくありましたね。

あの頃は、「寝ているのに、鬱陶しいなぁ」と、うつらうつらしながら思っていましたが、もしかしたら、あなたも、いまの私と同じように「ごめんね」と、心のなかで謝っていたのかもしれませんね。

一昨年、あなたが突然亡くなったとき、今まで生きてきたなかで、一番泣きました。それと同時に、厳しい人ではあったけど、間違いなく、私にたくさんの愛情を与えてくれていたのだと、止まらない涙が教えてくれました。

お母さん、あの時に言われたあの厳しい言葉は、今でも許せないと思うこともあるけれど、それでも、私は、あなたの子どもとして産まれてこられてよかったと思っています。あなたのくれた愛情は、私の子どもたちへと引き継いでいきます。厳しさは、半分にしておきますね。

反面教師

父への手紙／皐月七日《さつきなのか》さん（静岡県）

父さん、なんで俺たちを捨てた？

23年前の夏の日、まるで三日くらいの旅行に行くような荷物を持って、まだ子どもだった僕たち3人の前を、思いつめたような表情で家を出て行ったっけね。

それから三日たってもあんたは帰らず、母の表情は日ごと険しくなっていった。やがて僕らを、家族を捨てて家を出て行ったと聞かされた。でもそんなことはない、必ず帰ってくると心の中で信じていたんだよ。俺中1、妹小5、弟小1の夏。

あんたはもう帰らない……そんなふうに気持ちが変わったのは何年たってからだろう……」それからはずっとあんたを、恨んだ、憎んだ。11月の冷たい雨の降る夜、電話を切った母が、「あの人亡くなったってよ」と、ポツリと独り言のようにそう言うまでは……

バイクで転んで死んでしまうなんてあんたらしいね。ガキの頃、違法なのにバイクのタンクの上に俺たちを順番に乗せ、花火が見える土手の近くまで運んでくれたっけね。車の運転席の、あんたの膝の上に座らせたまま走らせたこともあった、ほんと無茶苦茶なことばっかやってた。

家にいるのが嫌いで、家族をやたら連れ回す。町内の少年野球でやったピッチャーの練習や、公園での逆上がりの練習なんか夕暮れまで付き合ってくれたね。時には母がいないときオムライスやたこ焼きを作ってくれたね。浮気がバレて母から小遣いを止められたとき、わずか300円しか持ってないのに、1杯のかき氷を俺ら子ども3人だけで分け合って食べさせてくれたっけ、「ちょっと食べるくらいがおいしいんだ」なんて、情けなさすぎるぞ！笑
好き勝手して、なぜ突然死んじゃったんだよぉ。

なぜ、一度も会いに来てくれなかったんだよぉ。

俺らがどんな思いで今まで暮らしてきたかわかってんのかよぉ。

でも、あなたがいたときはたくさんの愛情と思い出をくれた。弟妹には悪いけど長男の俺が一番もらった。今、自分が子どもの親となって、あなたの気持ちがちょっぴりわかる。俺はあなたの息子だから……

父さん、天国で安らかに！

幸せな子

流産した赤ちゃんへの手紙／美冬さん（宮崎県）

この頃は寒さも少し和らいで、お昼間はポカポカと暖かい陽気が続きますね。赤ちゃん、私の赤ちゃん。そちらはどうですか？

暖かいですか？　楽しいですか？　嬉しいですか？　幸せですか？

ごめんね。ちゃんと産んであげられなくて。

あなたにこの世界を見せてあげられなくて。

あなたのことを思うと、今でも胸が締めつけられるよ。

私の赤ちゃん。私はいいお母さんじゃなかったね。私はあなたが私のお腹に宿ってくれたことに気づきもしないで、重たいものを持ったり、走り回ったり、体調が悪くても病院にも行かず無理して仕事ばかりしていた。

もともと生理不順だったから、あなたがお腹にいることに気づかなかったの。そして仕事を優先してしまった。あなたより大事な仕事なんてないのにね。

生理がこなくなってしばらくして、いつものことだと思ってしまったの。そしてある日、お腹を刺すような痛みがきて、血が出たの。急いで病院に行ったら、もう手遅れだった。

せっかく私を選んできてくれたのに、あなたはお空に帰ってしまった。あの日から私の心はぽっかり穴があいたみたい。今は傷口は生々しくはないけれど、北風がひゅーひゅーふくみたい。

あなたのお父さんともあの日以来、ぎくしゃくして別れてしまったの。

でも、もしかしたらあなたはまだ私がお母さんになるのには未熟で、早いと思ったから、お空に帰ってしまったのかもしれないね。

産まれていたら、どんなお顔をしていたのかな？　女の子だったのかな、男の子だったのかな？

お母さんとお父さん、どっちに似ていたのかな？

今でもね、町であなたが産まれていたらこれくらいの年頃の子になっていたのかな、という子を見ると胸が締めつけられるの。

抱っこしたかった。キスしたかった。あなたの成長を見守りたかった。

もしあなたが今、お空で楽しく、少しも辛いことがなく、幸せなら、私も幸せ。

今後私は赤ちゃんを産むことはないかもしれない。でももし赤ちゃんを授かることになったら、どうか産まれてきて。

どうか次も私を選んで。

あの1万円は届きましたか？

祖父への手紙／古川諭香さん（岐阜県）

よく考えれば、母方の祖父であるあなたを、孫の私が「実家じぃちゃん」と呼ぶのは、なんだかおかしな話ですね。大人になって気づいた、そんな笑い話を伝える間もなく、あなたは遠い世界へ逝ってしまったけれど。

先天性心疾患を持って生まれてきた私は、いつも家族の中で疎外感を抱いていました。みんなが自分に気を遣っている。無理に優しくしているような気がする。幼心に大人の心を感じ取り、心を閉ざしそうになった時、あなたは「カニばさみやで」と私と姉を差別も区別もすることなく、平等に優しいプロレス技をかけてくれましたね。

抜け出せない技に悲鳴を上げ、もがいていた私はあなたの目にどう映っていましたか。本当は言葉にできないほど、嬉しかった。

早くに妻を亡くしたあなたは、パチンコ屋が居場所でしたね。少し成長した私と姉が家に訪ねていっても、「ゆっくりしてきぃ」と言い、自分はそそくさとパチンコへ。それなのに、その行動が素っ気なく感じなかったのは、私たち孫を見つめるあなたの視線が、とても優しいものだったからでしょう。

あなたは私たち姉妹が訪ねていくと、必ずポチ袋に入れた1万円をくれましたね。少し成長し、バイトができるようになった私がそれを拒むと、悲しそうな顔をして無理やり手に握らせてきたり、バッグの中に入れてきたり。戸惑う私に無理やり1万円札を押し付けるあなたは悲し気な顔。どんな気持ちなのかと、あの頃はよく考えたものでした。

あなたに最後に会えたのは、永遠に会えなくなる日から半年も前のことでしたね。認知症になって、娘の名前も孫の顔も、何もかも忘れてしまったあなた。それなのに、私の母が「この子、孫だよ」と私を紹介すると、あなたはすぐに自室へ行き、昔と同じようにポチ袋に入れた1万円札を手渡してくれましたね。

「もう、自分で稼げるから大丈夫だよ、じいちゃん」。そう言っても、あなたはあの頃と同じように、悲しげな顔をしてバッグに無理やりポチ袋をねじこんできて。「ありがとう」と笑ったけれど、本当はあの日、泣いていました。記憶がなくなっても消えなかった、大きな愛が心に染みて。

一番大好きな身内だから、絶対にちゃんと弔いたい。あなたの体調が厳しくなるにつれ、生きてほしいよりも、そんな願いが自然に強くなっていったのは悲しかった。けれど、もっと悲しかったのは未知のウイルスに侵され、最期を看取れなかったこと。面会謝絶の救急病棟の前で「もう一度だけ、会わせてください」と、普段は信じてもない神様に必死で祈ったこと、あなたは知らない。お葬式ができない理不尽な状況に、どれほど私が絶望したかも、きっと知らない。

口数が少ない者同士、私とあなたは口で言葉を交わすことは多くありませんでしたね。だからかな。会えなくなった途端、言いたいことが心に積もって消えてくれないのです。大人の顔を捨てて、あの頃の自分であなたに伝えたい気持ちが胸の奥に、ずっとあるのです。

実家じいちゃん、お別れもちゃんとできないまま逝ってしまうのは、悲しいよ。私はまだ、言いたいことを何もじいちゃんに伝えられてなかったよ。栗色の大きな瞳が大好きだった。見つめられると心がポカポカして、いつも愛を感じたよ。優しい関西弁を聞くと、心が和らいだんだよ。身内の中でただひとり、私を特別視しなかったじいちゃんが大好きだった。死んでほしくなかったよ。

1万円が入ったポチ袋。きっと、本当に詰め込みたかったのはお金ではなかったんだろうな。大人になった私には、少しだけあの頃の、孫を思う実家じいちゃんの気持ちが分かる気がします。

じいちゃんの真似をして、お骨もない法事で1万円の「御仏前」を供えた私の愛も、どうかあの世に届いていますように。

妹が結婚しました

父への手紙／高橋弘季さん（静岡県）

素敵な結婚式でしたね。

ちゃんと見ていましたか。


男手一つで私たちを育ててくれたあなたはとても頑固で不器用でした。

私たち兄妹は当時あなたをあまり好きではなかったかもしれません。

それでもあなたから愛情をもらっていたという感覚は今も思い出すことができるのです。

特に妹のことは本当に宝物のように大切にしていましたね。

私が就職して家を出てから間も無く、高校生だった妹と2人で暮らしていたあなたは体を壊してしまいました。

働くことがままならないあなたを見かねて、私は妹を引き取ることを伝えました。

頑固で不器用なあなたですから、私はあなたに、「そんなことは許さない」と激怒される覚悟でいました。

しかし荒れ果てた部屋を見て、妹のことを考え、私も今日ばかりはなんと言われても引いてはいけないと思っていました。

しかしあなたの反応は意外なものでした。

数分間の沈黙の後、

「頼むな」

とあなたは小さくつぶやきました。

小さい頃はあんなに怖かったあなたの野太い声と太い腕が、細く、細くなっていました。

生きることに不器用だったあなたは、職を転々とし、それでも私たちを育ててくれました。

この人は私たちのために必死に生き、そして力を使い果たしたのだな、その細くなった声と腕からそれを感じとったとき私は涙が止まらなくなりました。


それから14年が経ちました。

私はあなたの代わりに妹の手を引いてバージンロードを歩きました。
そして妹の背中をそっと押して新郎へしっかりと渡しました。
「頼むね」と私が言うと、
新郎は強く頷き、やさしく妹の手を握ってくれました。

じぃちゃんの声

祖父への手紙／おもちさん（栃木県）

「あっ、やばぃ。」

数日前、階段から転げ落ちそうになったのだが、ふと幼少期の記憶が蘇った。

母方のじぃちゃんと小学生の低学年まで一緒に暮らしていたのだが、じぃちゃんと会話をした記憶が全くない。

なぜならじぃちゃんは声を出せなかったからだ。

わたしの記憶の中のじぃちゃんは声を出そうとする時は必ず喉に機械を当てている。幼い私はなんて言ってるのかいまいちわからなかったのだけ覚えている。

そんな2人のやりとり方法は紙に書くかジェスチャーだった。

大体は、じぃちゃんがわたしを膝に抱いてわたしのくだらない話を一生懸命ニコニコと聞いてくれていた。


ある日、じぃちゃんがいなくなった。

はじめて経験する人の死だった。

母に「じぃちゃんとはもう会えないんだよ」と伝えられたがいまいちピンとこなかったのだ。


亡くなってから1ヶ月もたたない頃だと思う。

「あっ、やばい。」

わたしは階段のかなり上の方から踏み外して転げ落ちそうになった。

その時「あぶねぇ！」と低い男の人の声が聞こえたと同時にカラダがふわっとなって地面にきれいに着地した。

「わたし飛べるんだ……どうしよ……」と本気で思った幼いわたしは母が帰って来るなり興奮しながらこの話をしたら、
母は涙を流しながら、「じぃちゃんが助けてくれたのかもしれないね。」と。
そこではじめてわたしもわんわん泣いたのを思い出した。

じぃちゃんあの時はありがとう。

34歳になっても階段から転びそうになったわたしのこともしかして助けてくれた?

友達と会話をしている時、よく「なにその手! ジェスチャーでかいよ!」って言われること
があったんだけど小さい頃からだったんだと今気づいたよ。

声での会話のやりとりは全然出来なかったけど、考えてみれば会話はたくさんしてたね。

とても楽しい日々だったな。

じぃちゃん、いつかまたたくさんお話ししようね。

お母さんへ

母への手紙／五月さん（福岡県）

お母さんは世界一周旅行に旅立ったのだと思い込むことにしたあの日からもう5回目の、お母さんのいない芽吹きの季節がやってきました。だいすきだった西城秀樹とはもう会えた？　最近では八代亜紀も出発したと聞きました。テレビっ子だったお母さんにとって、なんて夢のある世界なんだろう。痛みも苦しみもなく、昼下がりの日差しのような温もりだけで埋め尽くされた、キラキラとのんびり進んでいく世界一周旅行。この5年で出会った人たちの話、たくさん聞かせて欲しいです。

お母さんの知らない三十代の私は、たくさん失敗をして、たくさんの人を傷つけ、なぜここまで親不孝娘になれるのかといったほどの体たらくで、お母さんごめんなさいと床に頭を押し付ける想像をしながら仏壇におはようといってきますとただいまといただきますとごちそうさまとおやすみを唱えています。お母さんがいなくなって、ここまで自分は弱かったのかと自分自身に落胆、低空飛行を続ける日もあれば、上昇気流に乗って飛び上がり、雲の切れ目から覗く晴れ間をご機嫌で猛進していく日もある、そんな思い通りにならない自分のこともようやく許して受け入れられるようになりました。いくつになっても何をしていても、無条件で安全なシートベルトを付けてくれる人はもういない。お母さんという絶対的な存在の空白は未だに拭えません。

「失ってから気付く」そんな使い古されたことばも、未だに拭えないものの一つです。なんでもっと優しくできなかったんだろう。なんで夜中ずっと一緒にいてあげなかったんだろう。なんで私はお母さんの人生が幕を閉じるその道程を、これからも生き続けられる弱い自分のことばかり引き合いに出しては耐え切れなくなっていたんだろう。たくさんの「なんで」に勝手に押し潰されそうになっては、少しでもお母さんを思い出すと後悔や寂しさで泣いてしまいそうになるからと、いつしかお母さんの闘病の記憶に蓋をして、目の前のことだけに注力してきたこの5年間。でも最近ね、お母さんを思い出して泣くことも減ったんだよ。成長したでしょう。もっとずっと強く逞しくなっていくから、こっちの世界のことは変わらず心配しないでね。痛みも苦しみもない、お母さんのようにあたたかくて幸せだけがあふれる世界を、その旅路を、私はいつも心に祈りながら生きています。

そろそろ世界一周旅行も日本に来る頃じゃないかな。こちらは例年より少し遅く開花した桜が咲き乱れて、新しい年度が始まります。お母さんが眩しい笑顔で帰ってくる日を、いつまでも夢見て。

お母さんへ

不器用なお父さん

父への手紙／本間ハルさん（神奈川県）

父が旅立って、10年以上も経った。

よく母に似ていると言われた私は、父と似ている所はないと思っていた。寡黙で、何を考えているのか分からない。そういう不思議な人だった。

子供から大人へ変わり、結婚もして主婦となったある日、旦那と喧嘩をした。

謝るタイミングが掴めずお互い意固地になって、そっぽを向いてしまう日々。謝ればすぐ終わるような小さな喧嘩なのに、刻々と長引いていく。

どうにかしたいのに、気まずくて声もかけられない。嫌な沈黙が続く中、旦那は皿を洗い私は料理を黙々と作っていた時のことだった。

ふと、何も考えずに砂糖を手に取った。それを旦那に見せつけるようにつまんで、炒め物に振りかけようとした。

慌てて止める旦那。「甘くなっちゃうよ」と焦る旦那に、「塩かと思ったら、間違えた」と肩をすくめておどけた。

旦那は「何それ」と笑った。

その時に、思い出した。

山登りで迷子になってしまい私が不安がっている時、「川に落ちないようにな」と注意した瞬間、川に落ちそうになったり。

旅行で泊まるホテルを間違えた時、皆が苛立って地図を見ていた際、一人溝に片足を突っ込んで「落ちちゃったわ」と真顔で言ってきたり。

小さなことで兄弟喧嘩をしてしまった時、飼っていた猫の手を動かして「猫ダンス」と私たちの前で披露してきたり。

今まではドジな人、変な人、で片付けていた。

でも、その父の行動を見た私はいつも言っていたのだ。

旦那のように、「何それ」って。不安や苛立ちも忘れて、笑顔で。

父なりの不器用な優しさに、今更気付いてしまった。
そして、その優しさは私にもちゃんと引き継がれていた。

私はまだまだ、そっちに行くことはないけれど。
その時が来たら、「私の優しさはお父さん譲りだよ」って伝えるね。
もちろん、「逝くタイミング早すぎたかな」って真顔でおどけてね。
「何それ」って、笑うから。

不器用なお父さん

二十代の方からの手紙

ゆうまへ

友人への手紙／ほしいもモグモグさん（京都府）

お前が交通事故で逝ってしまったと伝え聞いたときは、どんな顔をしていいのかわからなかったよ。ずいぶん長く連絡を取っていなかったとはいえ、同級生の訃報ともなればそりゃあ、ショックはあるさ。でも、哀しみだけじゃなくて、同時に……メチャクチャ不謹慎で失礼な話なんだけど、お前らしい最期だなんて思っちゃったわけだ。

お前はとにかく落ち着きのない男だったな。転校してきて間もない頃、体育でバスケをしたときには留学生のリュウと正面衝突して前歯を折ってたし。スキー合宿のバスの車内では、みんながコソコソ下ネタしりとりをしていたところに一人だけ大声で参加して、先生にバレて怒られてたし。お前が浪人してから最後に寄越した連絡も「不合格だった……たぶんマークがズレてたんだわ」だったたし。先生は「ゆうまの馬の字は暴れ馬の馬」なんて言ってたっけな。

ゆうまへ

不良でもないのに何故かいつも問題の真ん中にいて、騒がしくて、でも飾り気がなくて底抜けに明るいお前のことが、俺は大好きだった。多分みんなもそうだったと思う。長く会いに行かなかったのは、だからなのかもしれない。地元に残った、仲のいい他の誰かが会いに行ってるだろうし、月並みな言葉だけど、その気になればいつでも会いに行けると思ってた。甘かった。

事故の報せを聞いて、思ったことがある。あの世の存在を考えるのは、きっと、あの世があってほしいと願うからだ。あの世での再会を楽しみにすることで、この世へのこだわりを少しずつ手放していける。もしあの世があって、そこにお前がいるなら、案外悪くないのかもな。というか、今になってこんなこと言うのは自分でもどうかと思うけど、お前のいないこの世はやっぱり、少し物足りないよ。何も、別れまでせかせかしなくてもいいのに。

ゆうまへ。どうか、向こうでも変わらずにいてくれ。どうか、安らかになんて眠らないでくれ。落ち着きのない蹄の音を、ずっと轟かせていてくれ。いつかその音の元へ、迷わず向かえるように。

お母さんに最後のお願い

母と愛犬への手紙／きなこみるくのお母さんさん（大阪府）

お元気ですか？　私も毎日楽しい日々を送っています。（ちょっぴりお母さんやみるくに会いたくて寂しくなるけど）昔は本当に怖いお母さんで、怒られてばかりで私にとって絶対的な存在だったけど、闘病生活を一緒に送るうちに本当のお母さんを知れて毎日幸せだったよ。素直じゃないけどユーモアセンスは抜群で、自由で、勝手で〝お母さん〟と言うには少し変わったポジションのお母さんだったけど、そんなお母さんが誰よりも大好きでした。もっと元気なうちにちゃんと伝えれば良かったけど、言ってしまうとお別れに近づく感じがして中々言えませんでした。お母さんが亡くなって5年。お母さんと約束したことを一つ一つ叶えてきました。

1つ目は、「自分を信じて自分の思うように過ごして欲しい。」これは叶えつつあるよ、小さい頃は「あんたは何をさせても中途半端で成し遂げられない！」と自信を無くす言葉をドストレートに言われ続けちょっぴり自信のない子に育っていたけど（笑）。最期の最期に「病気になるまでは、そう思ってたけど、たまちゃんが考えること、することがいい方向に向かっているのを見てお母さんびっくりした。自分を信じて好きなことをして幸せになって欲しい」そう言ってくれたことが、自信をつけられたきっかけでした。今は少しずついい方向になってるよ。要領は悪くて少し人より遠回りしているけど叶えつつあるよ。

それから2つ目。「白いフレンチブルドッグをお迎えして、きなこと名前を付けて育てる」。今、丁度これを書いてる横で大きないびきをかいて寝ているのがきなこだよ。残念なことは、お母さんが生きているうちに叶えてあげられなかったこと。実はきなこをお迎えしてその後すぐに〝みるく〟という子もお迎えしたんだよ。2匹とも自分の子供のように愛おしくて、お母さんがいない寂しさを吹き飛ばしてくれるくらいの無償の愛をくれてるよ。お母さん知ってるかな？実はみるくなんだけど、この前4歳で虹の橋（天国の隣にあるそう）に渡ってしまって。お母さんやおばあちゃんのように人間ではないから、私が勝手にお迎えして、私が決めたご飯をあげて、私が決めた病院へ通院、健康診断して……なのに病気を発見することができませんでした。弱っていくみるくを見ても、もうお母さんの時のように弱気にならない。絶対治ると信じて毎日病院に通ったんだけど、助けられなかった。お母さんに続き、お母さんで学習してもう2度と大切な家族を失いたくなかったのに同じ失敗をしてしまったと思ってました。今はこれは彼女の犬生で決まっていたことなのかもしれないと紛らわせながら過ごしてます。

3つ目は、「大谷選手と結婚しい！　彼はもっとすごい人間なるから！」……。ごめんね。これは流石に無理があり過ぎたよ（笑）。お母さんが亡くなって少し経ったくらいに大谷選手はメジャーに行かれすごく活躍されてたよ。びっくりするかもしれないけど、最近大谷選手は別の方と結婚したよ（笑）。速報を見た時、念の為に「お母さんごめん！　約束を果たせなかった！（笑）」と笑いながら心の中で報告したの伝わってた？

約束したことは、たった3つだけど、叶えられないこともあって、生きていると良いことばかりじゃないけど、それでも充実した日々を送れています。


お母さんに最後にひとつだけお願いがあって、この手紙を書きました。もし、天国や虹の橋があるのであれば、虹の橋に行ってみるくを見つけて欲しいです。白くて、小さくて、とてもかしこいフレンチブルドッグの女の子。意思疎通できる世界なのかな？　もしできたら、まず抱っこしてあげて欲しいです。甘えん坊で抱っこが大好きだったから。こう伝えて欲しいです。「お母さんのせいでごめんね。お母さんはもう少し人生を過ごしたら、きなことお父さんを連れて行くからね。だから、私のお母さんと一緒に少しだけ待っててね。絶対に迎えに行くから。その場所はきっと痛みもない素敵な場所だと思うからずっと一緒に過ごそうね」と、私はこれを人生最大の目標にして生きています。

だからお母さん、心配しなくていいよ。ものすごく強い心を持てたし、1日をすごく大切に過ごしているから心配しないで、お母さんも待っていてね。大好きだよ。お母さん、みるく。

色とりどりの花束を、じいちゃんに

祖父への手紙／葵紗慧さん（福岡県）

じいちゃん　そちらの生活はいかがですか？　痛いこと、苦しいことはないでしょうか。大好きなお酒を飲んでいますか？

残された人が思い出す度に、亡くなった人の上に花びらが降り注ぐ、なんて聞いたことがあるのですが、私が思い出したらどんな花びらが舞っているのでしょうか。そんなことないんだよって笑うかな。

寒くない、冷たくない、温かくて息がしやすい。そんな場所にいてくれているかな。

じいちゃんの最期が近いと聞いて病院に駆けつけたとき、じいちゃんの目を見て分かりました。お迎えが近いんだって。コロナ対策で1人ずつの面会になったとき、私にできたのはじいちゃんの外れてしまったマスクをつけ直すことくらいでした。ふと触れた耳に温度を感じて、喉が締めつけられた感覚を、今でも覚えています。ああ、この温かさはあと少しなんだろうな、分かってしまったからです。あのとき、もうほとんど声が聞こえてなかったじいちゃんの耳元で言ったありがとう、は情けないくらい震えていたよね。笑顔で言いたかったけど、喉が震えて、きっと何て言ってるんだろうって思ったでしょう。次にじいちゃんに会ったとき、もうマスクをする必要はなくなっていたね。まだほんのり温かい頬に手を寄せたとき、自分の頬に伝う水分を感じました。どんどん温度が下がっていくのを、止められなかった。

実は昔から、この日が来るのが怖かったんです。毎週、ピアノ教室の送り迎えをしてくれてありがとう。いいよ、って言われてたけど、じいちゃんの車が見えなくなるまでずっと見てた。あと何回この光景が見られるんだろう、どうか、ずーっと先であってください。どこにいるか分からない神様に、願っていました。

お風呂を使った後、椅子を立てかけてたね、えらいね。何気ないことでも、すぐに褒めてくれた。じいちゃんの英語の発音を真似してチェア、って繰り返してたら笑ってくれた。ばあちゃんのことが大好きで、ばあちゃんはかわいいってすぐ言ってた。ばあちゃんは照れた感じで何がね、って言ってたね。

じいちゃんがいない世界は寂しくて、もう会えないんだっていまだに受け入れきれなくて、じわっと目の前の解像度が下がります。でも、あんまりにも泣いてたら、きっと安心してお酒飲めなくなっちゃうよね。それはいけないって思うわけで。

じいちゃん、私ね、勉強するよ。勉強しなさいって言ってくれたね。驕らずに勉強して、じいちゃんみたいに自分もみんなも大事にして、生きていくよ。

だからどうかほっとしていて。心安らぐ時間を過ごしてくださいね。このお手紙が届いたら、じいちゃんに花束が届けばいいのに。ないないって笑ってるのが目に浮かぶけれど。

母さん、今日電話してもいいですか？

母への手紙／おくはらゆいさん（福岡県）

去年の7月にステージ4の膵臓癌が見つかってから約半年後の12月30日、母さんは亡くなったんだよ。その前々日からロキソニンが効かなくなって、ハアハア言って、「喉がカラカラ」って言って、苦しんでた母さん。12月に入ってから、記憶障害が起きたり、構音障害が起きたり、脳にも癌が転移してるんじゃないかなって、亡くなる前日に先生が言ってた。私は、「母さんはもう十分苦しんだじゃん、もうこれ以上ええって、もういらんよそういうの」って思ってた。その後、「緩和病棟にすぐ入院するか、このまま自宅で看取るか、どうする？」って先生に聞かれたとき、本当は自宅で看取る勇気なんて全然なかった。看取り方なんて誰も知らないよ。でもその次の日には逝っちゃったんだけどね。

9月から休職して、一日中母さんの介助をしてたけど、母さんはまもなく自分のことが自分でできなくなっていった。トイレから立ち上がる介助でさえ10分以上かかったりして、お互いあれは悲しくて泣けたよね。介助のやり方なんて学校で教わらないからさ、動画見て試してみても、全然1人で介助できなくて。終いには何にも手伝ってこなかった父に頼らざるをえなくて、めちゃくちゃ悔しかった。でも、看護師さんに指導してもらって、やっとコツが分かったのにさ、母さんその1週間後に逝っちゃうんだもん。最後隣にいたのに、仮眠しようと思ったら寝ちゃってて、朝になったら母さんは息してなくて、冷たくなってた。ほんとごめん。もう一回薬あげようと思ってたのに。しんどかったね。よう頑張ったね。私たちこの半年、ほんとによく頑張ったよね。幸か不幸か、年末に亡くなってくれたおかげで、火葬場が正月はお休みだから、1月4日まで一緒にいられたんよ。母さんは抜け殻になって冷たくなってたけど、お通夜の前日まで毎晩隣で寝させてもらったよ。母さんはきっと「そんなん、たまたまよ笑」って言うだろうけど、私は有り難かった。本当に長い間、あなたのそばにいられたから。知り合いの人が言ってた、「一緒にいるだけで、親孝行なんだ」って。だからね、最後の最後まで親孝行できてよかった。ありがとう、これからも大好きよ。まだ25歳だけど、いつか死ぬ時がきたら、母さんみたいに、春じゃなく、冬で終われたらいいのにな。

天国からの歌、届いたよ

友人への手紙／あさひさん（福岡県）

おじちゃん、ひさしぶり。
今日も歌ってる？

たくさんカラオケに行ったね
おじちゃんは足が悪くて、
普段は車椅子に乗ってるのに、
カラオケに行くとなれば階段だってスイスイ昇る 私は手を持ちながら、好きなことがある人
は、ほんとうに強いと思ったんだ。

さだまさしの「雨やどり」を聞いた時
綺麗な曲だと思った。

歌い終わったあと「いい曲！」って拍手したら、その日から何度も歌ってくれたね。

おじちゃんはパーキンソン病で
上手く喋れないけど、
いつも両手でマイクを
ぎゅっと握りしめて、一生懸命歌う。
そんなおじちゃんを見て勇気を貰ってた。

私はあのころ大学2年生で
精神病になって入院していて
20歳まで生きないだろうと
何となく思ってた。
毎日が灰色だった。

そんな時「カラオケに行こう」って誘ってくれたね。

私が歌うと嬉しそうに手を叩いて

「うまい、うまい！」って
よろこんでくれたね。

そんなおじちゃん。
急にいなくなってしまったね。

おじちゃんが居なくなって3ヶ月くらい、空っぽで、心に空いた隙間をどう埋めようか、なんて考えて、日々を生きていたの。

人が死ぬこと、そして生まれること
始まりや終わりについて考えてた。

少し気を抜くと涙が溢れそうな、
そんな日々だった。

そんな時の奇跡みたいな話があるの。
静かな商店街を歩いてた時、

音楽が流れてた。

それはおじちゃんの十八番の「雨やどり」

最初は無心で歩いていたんだけど、わかった瞬間、涙が溢れて止まらなくなった。

おじちゃん。あの時私に
「しゃんとせぇ!」って
メッセージくれたでしょ?
確かにおじちゃんのパワーを感じたの。

その時何故か、

「神様は、いる」

という気持ちになったの。

おじちゃんはクリスチャンだったね。


おじちゃん。

天国で何してる?

今日も歌ってる?

私、25歳になるんだよ。
20歳まで生きられないと思ってたのに
好きな人もいるんだ。

いつか私も天国に行けたら、
一緒に歌おうね。
大分、待たせちゃうと思うけど。
ずっと待っててね。
必ず行くからね。

またね。また会おうね。

おじちゃん、ありがとう。

ばあちゃんへ

祖母への手紙／マナさん（茨城県）

23歳の誕生日翌日。

いつもなら当日か次の日にはおめでとうって電話がくるのに今年は連絡がなかった。

わたしの誕生日忘れちゃったのかな、なんて心の中で文句を言いながら夜勤へ向かう。


今から入院1人くるよー、ってリーダーの口から聞こえた患者の名前に聞き覚えがあった。

まさかと思いながら急いでカルテを開き、誕生日と住所を確認する。

入院してきたのは、ばあちゃんだった。

カルテで知るばあちゃんの病名。残酷だと思った。こんなときまで仕事をしないといけないのかと。

待合室をのぞくと泣いた跡が残るじいちゃんの姿が見えた。これは現実なんだと思い知る。

「マナがいる病棟に入院できるなんて安心した」その言葉で初めて看護師になってよかったって

思ったの。

休憩のたびにばあちゃんのいる病室へ顔を出した。

待ってたよと言わんばかりの笑顔を見せるから、病気なんて嘘なんじゃないかって思った。

冷蔵庫から何を取り出すかと思えば、

「今日のおかずがすごく美味しかったから、マナちゃんにも食べさせたくて」

とラップにくるんだおかずを渡してくる。

そんなことしなくていいからばあちゃんが食べなよ、と可愛げのない反応をしてしまった。

それでも行くたびに冷蔵庫から何か取り出すばあちゃん。

ばあちゃんの優しさに耐えきれなくて、涙がとまらなかった。

そうやって数えきれないほど無償の愛をわたしにくれていたのに、返すこともできないまま会えなくなってしまったね。

なぜだかばあちゃんなら、病気に打ち克てる気がしてたの。

「ママのことよろしくね」がばあちゃんの口癖だった。大丈夫だよ。ママのことはわたしに任せて。

今まで涙ひとつ見せてこなかったじいちゃんが、今では会うたびに泣いています。

みーちゃんは4月から小学生だよ。ランドセル姿見たかったよね。

わたしだって花嫁姿を見せたかったな。


今でもわたしの名前を呼ぶばあちゃんの声が耳に残っていて、時々どうしようもなく会いたくなります。

中学生の時はばあちゃんに冷たく当たって、ひどいこと言ってごめんね。ずっと謝りたかったの。

それでもたくさん愛してくれてありがとう。ずっとだいすきだよ。

届きますように。

マナより

可愛い可愛い娘より

父への手紙／ひとしさん（東京都）

あなたに会えなくなって、私に父親がいなくなって、今年で17年になります。あの頃はパパと呼んでいたけれど、一緒にいたら呼び方も変わっていたかもしれないから今日はあなたと書きます。少しくらい大人ぶっても許してくれるよね、もう私も大人だし。あなたと一緒にいられた時間はたったの6年と3カ月で、私は今年24歳なので、人生の3分の2はあなたなしで生きていることになります。改めて数字で羅列すると大変なことのように感じるけど、それなりに立派に育っています。自信過剰なところ、似ちゃったかな。

あなたがいなくなった時、周りの大人はみんな泣いていて、私に「大丈夫だよ」「大変だったね」と励ましや労わりの言葉を掛けてくれました。でも正直、私には何が起こったのかわからなくて、「父親が死んで母子家庭になった」ことを理解したのはしばらく経ってからでした。でも、特別辛い思いをしたとか、苦労をしたとか、そんなことは全くなくて、むしろ幼馴染の父親やあなたの同僚、同級生、私には「父親代わり」がたくさんできました。それはもう、鬱陶しいくらいに。

私が今回、あなたに手紙を書いたのは文句を伝えるためです。あなたの同僚や同級生に会うと、必ずあなたの話をしてくれるのですが、その9割が「喧嘩ばかりしてた」だの、「愛想がなくて口下手」だの、「勉強しているところを見たことがない」だの、娘の私が恥ずかしくなるような話ばかりです。もう少し娘が尊敬できるようなことをしておいてください。なんて。でも、そんなあなたの話をするとき、全員がいたずらっ子のような少しわくわくした顔をしています。そして必ず、あなたのことを「大事な人を当たり前に大事にする人」だと誇らしげに形容します。きっと、私にたくさんの「父親代わり」がいるのもあなたのそんなところが所以しているんだろうな。

私は、あなたの声も温かさも覚えていません。親不孝な娘でごめん。でも、あなたのことはたくさん知っています。お酒を飲んでも変わらないこと、愛想はないけれど面倒見がいいこと、体が大きくてぬりかべのような見た目をしているのに痛みにとてつもなく弱い事、母みたいな女性はタイプではなかったこと、私の手とそっくりな手をしてること。これからもあなたのかけらをあなたの大事な人から集めながら生きていきます。見守っていてねって言うところなんだろうけど、見てなくてもいいよ。勝手にたくましく生きてくから。たまに気が向いたら見つけてね。

可愛い可愛い娘より

水色の孔雀の振袖

母への手紙／加藤真鈴さん（東京都）

お母さんへ

いつも見守っていてくれてありがとう。

この度私、なんと二十歳になり先日成人式を終えました。

小学校三年生の十年前に二分の一成人式でお手紙をくれたね。その2年後に亡くなってしまってからこの手紙は私にとっての一番の宝物になりました。

あれから十年たった今、今更だけどお返事が書きたくなりました。


母が亡くなってからの8年間。言葉に出来ない程の辛いことがたくさんありました。いつでもママに会いたかった。でもこの手紙を読み返すと優しい気持ちになれて生きる勇気が湧いてくるんです。「真心が変わらないで素敵な女性になって下さい」「きっとみんなから好かれ　愛さ

れるだろう　幸せな人生を心から願っています」「いつでも応援しています」「本当の成人姿を見てみたいなぁ」小学3年生のときには分からなかった母の葛藤や思いが読めば読むほど今は分かるくらい大人になれました。

成人式はお母さんのお下がりの水色の孔雀の振袖が着たくて必死に探しました。見つけた着物には「二十歳になったら真鈴ちゃん着てください」と書かれていました。本当にサプライズが上手ですね。涙が止まりませんでした。
当日は近所で着付けてもらって髪型もメイクも、バッチリでモデルさんになった気分で最高でした。水色の孔雀模様が今にも空に舞い上がりそうなほど美しくてときめきが止まりませんでした。

お父さんとおじいちゃんはママも晴れ着を見れたら良かったのにねと言っていたけれど私は空という特等席でお母さんが私の晴れ着を見ていたこと実は知っています。流石ママの娘、似合っていた事でしょう。

最近大人になるということは与えられる側から与える側になるということだと気づきました。
実はまだ小学生の頃の「絵本作家」になりたいという夢を追いかけて大学で児童文学について

勉強しています。今の世の中は残念ながら平和とはいえないけれど自分ができるときにできることをして支えてくれた沢山の人や子ども達の為に恩返しや恩送りをしたいです。勉強にアルバイトにボランティア。忙しい日々だけどものすごく素敵な人達に囲まれて幸せです。お母さんは「人との出会いが一番大切」といっていた意味が大学生になってから分かりました。世の中には本当に素敵な人生の目標になるような人がたくさんいるんですね。お姉ちゃんと妹とも仲良くやってます。みんなとても綺麗になったよ。素敵な大人になれるよう頑張るからみとってねー！

十代以下の方からの手紙

尾を引く音色

祖父への手紙／竹場咲貴さん（大阪府）

あの日の約束、私はまだ忘れられません。
あなたが私の手を握りながら話してくれた言葉。
「一緒にサックスを演奏したい」と。そう、いってくれたよね
とても嬉しかった。
でも、苦しかった。
だって
私を包むその手は、サックスを持てるとは到底思えなかった。
それでもあなたはその日が来るのをずっと

ずっと、待ってくれた
本屋さんで吹奏楽の本を買ってきて、サックスのページを
ずっと、眺めてたよね
「さきはどんなサックスを吹いてるの？」と
たくさん質問してくれたよね
私は半ば諦めていたのに、あなたは
一緒にサックスを吹ける日を、待っていてくれた
だから

あなたが亡くなったと伝えられたとき
あぁ、
約束、守れなかったなと
思ったよ

苦しみと、悔しさと、やるせなさと、諦めと
たくさんの思いが込み上がって
どうお別れしようかなんて

何も考えられなかった

ごめんね。
ちゃんと、おじいちゃんの顔、見れなかった。
お別れなんだからって何度も何度も言われたけど
お別れなんて思いたくなかったんだ。
今更ずっと後悔してる

おじいちゃんの真っ白い腕を見たときに、
もう、この手は私を包んでくれないんだって
そんなこと思っちゃって
何もできなかった。

みんな泣いてたのに、私だけ
泣きたくなくて、信じたくなくて
泣かなかったの。えらい子かな

でもね、私、もうすぐ二十歳になるんだよ。
立派になってるかな、お空から見てるかな

あなたは会うたびに
「二十歳になったら、一緒に酒を飲もう」って
顔を赤くして話してくれたよね

私、もうすぐお酒飲めるよ
一緒に飲むの付き合ってくれる？

あなたとの思い出は
いつも私の心を温めてくれます
写真撮るのが大好きで、エビフライが大好きで、テニスが上手で
そんなあなたの孫でいられて、いさせてくれて
とても幸せです、今もこれからもずっとね

あの日の約束。ずっと忘れません
これからもあなたを思い出すように、サックスに息を吹き込みます。

「お母さん」ともう一度呼びたい。

母への手紙／緑さん（山梨県）

「お母さん」と、私があなたに最後に言ったのはいつのことか、私は覚えていない。あなたと私は信じられないほど仲が悪かった。なぜなら、あなたは今でいう「毒親」だったから。小さいころ、私は若くして女手一つで育児をしてくれたあなたから虐待を受け、中学に上がってすぐに児童養護施設に入所した。私は、あなたが本当に嫌いだった。ずっと、ずっと。だけど、面白いことにあなたは施設にいる私に「早く家に帰ってきて」と何度も涙を流しながら言った。私は分からなくなった。あなたが私を追い出したのに。あなたは、私を嫌っているはずなのに。

私は実はあなたは本当に私を愛してくれているのかもしれない。と錯覚した。今までは夢だったのかもしれない、と。だけど私は高校を卒業するまでかたくなにあなたを拒否した。あなたがせっかく私を求めてくれたのに、私は貴方を拒否した。その代わり、死ぬ気で勉強して公立大学に合格し、給付型の奨学金を獲得するために色んな面接をして、自力で生きてく決意をした。私は信じられない努力したし、その分学校や施設内でたくさん評価をしてもらった。お母さん、あなたからの評価で自分を傷つけたり喜ばせたり、私自身を振り回すのをあの時やめたんだよ。でも、あなたは私が下した決断に納得がいかず、月に一度だけできる私との面会も来ることをやめ、今までの優しさをどこかにおいてきた。そして最後に私に会いに来た時、「お母さん、結婚するから。あなたはあなたで頑張って一人で生きていきなさい」。そう言った。

施設を退所した後、私はあなたに連絡をした。「施設、出たよ」「そっか。よく頑張ったね。今度ご飯行こうか」。初めての食事はあなたの彼氏も一緒で緊張したけど、「家族」みたいで楽しかった。

次は、あなたから連絡がきた。「30万貸して」と。私はあなたが昔と何も変わってないことに怒りと呆れと、安心を抱いた。「貸すわけないでしょ？　ふざけないで。奨学金は、学校に通うためだよ」ここから始まった親子喧嘩で、私たちの関係は終わってしまった。あなたは私を名前ではなく「クソガキ」と呼び、私はあなたをお母さんではなく「クソババア」と呼んだ。あなたは私のＬＩＮＥをブロックした。まだ施設を出て一年もしてないのに、私とあなたの関係は終わってしまった。

「お母さん」ともう一度呼びたい。

のちに、妹からあなたの不幸を聞いた。最初は、涙を流すこともなかった。「あなたも人間だったんだ」と思った。時間が経つにつれ、私は貴方に最後に言った言葉が「クソババア」であることをすごく後悔した。あなたは最悪な母親だし、本当に酷いことをされたけど、私はあなたが、大好きだったから。だから、ほんの少しだけ、一人で泣いた。

先週、半年付き合った彼が「将来結婚したい」と言ってくれた。子どもも欲しいと。私に、家族ができる喜びで、私はまたちょっと泣いた。

ねえ、お母さん。私も家族をつくれる年齢になったよ。あなたには絶対会わせたくない。私の家族だから。ねえ、でもあなたに一番会わせてあげたい。だって、私の家族だから。

お母さん。お母さん。あなたのことは本当に嫌いだよ。思い出したくもない。だけどねお母さんあなたのことが一番好きなんだよ。「クソババア」とか言ってごめん。いつかまた会ったら、ちゃんと「お母さん」て呼ばせてください。

一緒に卒業したい

同級生への手紙／みちさん（東京都）

Fくんへ

私は君と卒業したかった。

中学校3年間同じクラスで同じ陸上部の仲間だったよね。君は女性が嫌いでなかなか話してくれないから私が沢山話しかけに行ってたよね。ＳＮＳ勝手に追加したり追いかけ回したりしつこい女でごめんなさい。君が話してくれる女性は私しかいなくて本当に嬉しかったよ。

そんな君が好きでした。

足が速く長距離選手だった君はいつも上位で憧れの存在だったよ。悔しくてそんなこと言ったことはなかったけど本当に尊敬してたよ。

コロナ禍で思うように練習ができなかった時たまたま歩いていたら君が家の近くで走ってるのをみてものすごく感銘を受けたの知ってる？　生まれつき足が早いのかなって思ってた私にズ

一緒に卒業したい

ドーンと石が落ちてきたみたいに心が重くなったんだ。そこから自主練をして君みたいに賞状をもらえるように頑張ったんだよ。

中3の2月突然君が学校に来なくなって受験で休んでるのかコロナかなんかだろって思っていたんだけど卒業式が近くなっても君は来なくて中学校を君なしで卒業したんだ。

悲報がはいったのは高校に入学してすぐのことだったんだ。中々連絡がつかなく心配になった男友達が家に訪問したことで初めて知ったんだよ。

君が亡くなったことを。

私はすぐ受け止めきれずに中々君の家に行くことができなかったんだけど君の家族が引っ越すことになったみたいで慌てて家に行ったんだ。初めて見る君の仏壇に涙が止まらなくなったけど最後に手を合わせられてよかったよ。

君が亡くなって2年が経とうとしているよ。私は君が恋しいです。

君と過ごした3年間は私にとって宝物のような時間でした。

大好きだった君と一緒に卒業したかったな。

こんな私と仲良くしてくれてありがとう。

大パパへ

大伯父への手紙／石井杏奈さん（東京都）

杏奈です。

コロナが流行してから、サンタクロースがきていません。それまでは、新宿の大パパのお家にクリスマスの日に集まってチキンやご飯やケーキを食べたら、サンタクロースがプレゼントを持ってきてくれていました。颯くん、礼桜ちゃん、そらちゃん、れみちゃん、みんなにプレゼントがありました。サンタクロースは、「プレゼント　フォー　ユー」といいながら渡してくれました。でも、コロナが流行して、新宿に行けなくなりました。サンタクロースが来ていたらどうしようと思って、大ママに電話をかけて聞きました。「サンタクロースさんは来ていないよ」と言ったので、ちょっと安心しました。私が小学校になってもコロナは流行していました。ちょっとたってコロナがおとなしくなってコロナがおとなしくなって、もう出かけてもよくなりました。クリスマスがきて、「大パパの所へ行こう。サンタクロースが来たらいけないから。」と言ったのですが、ママが「トナカイさんの足がおれたので今年はお休みよ。」と言いました。

なんか変だな、と思ったけど、泣きそうな顔をしていたので、だまっていました。六月にママとお寺に行きました。ママが「ここに、大パパがいるのよ。」と言いました。お寺のどこにいるのか分かりません。ママに聞こうと思ったけど、また泣きそうな顔をしたので、きけませんでした。あんじゅさんの前にある大パパの写真を見ていたら、なんだかサンタクロースににていたので、礼桜ちゃんに、「大パパの顔、サンタクロースににているね」と言ったら、「私もそう思ってたよ」と言いました。颯くんに聞くと、「おれさあ、新宿の家のウォークインクローゼットでサンタクロースの赤い洋服みつけたんだ。それで、パパ（大パパのこと）がサンタクロースの役をしてたんだと分かったよ。」といいました。礼桜ちゃんも私もびっくりしました。そらちゃんとれみちゃんにもそのことを言いました。二人共びっくりしていました。帰りの電車の中で、私は大パパに「ありがとう」を言ってないことに気がつきました。ママに「大パパにありがとうを言うのをわすれた。」と言うと、「後でお空にむかって言おうね」と答えました。ママは、大パパはお寺にいるって言ったり、お空にいるっていったり、おかしいな、と思いました。でも電車をおりて、家に帰って、近くのお空がよく見える場所へいって「ありがとう」と大声でさけびました。大パパの前で「ありがとう」って言いたかったなあ、お空にいるんだったら「私の声が聞こえたよね」

特別寄稿

リョウコ様

母への手紙／漫画家・ヤマザキマリ

私はあなたと同じく、死に対して感傷的になるのがとても苦手です。あなたは自分の家族やお友達が亡くなると「残念だけど仕方がない」などと、強がりで悲しみを振り切っていましたよね。私もそんなあなたの性格を受けついでしまいました。だから、亡くなったあなた宛に手紙を書くという発想も、いつもの私であればありえなかったことです。

そもそも私には、あなたに言い伝え忘れたことも、今だから言える言葉というものもありません。数年前に出版したエッセイ「ヴィオラ母さん」では、私から見たあなたという人物像を包み隠さず書き尽くしましたが、雑誌に連載していた時も眉を顰めつつ娘の自分に対する解釈を辛辣なものですら「いやあねえ」と笑って受け止めていましたね。

私たちはお互い頑固者ですから、仲良し親子のような愛情表現を交わすことはありませんでしたし、褒め合うこともありませんでした。でも、あの意固地こそが、親子という関係に縋らずに生きるお互いへの敬いの表れだったように思います。少なくとも私にとってはそうでした。

何より、あなたは私が選んだ自由に対して口出しすることもなく、世間の目など気にするな、自分の生き方の責任は自分にしかとれないのだからと、ぶれない信頼を抱いてくれていました。あの信頼こそ、私に限らず、この世の全ての子供という立場にとって、何より親に示してもらいたいものではないかと思います。

あなたは移り住んだ北海道が大好きでしたよね。愛車のハイエースで何百キロも離れた場所までバイオリンを教えに行く途中、狐やたぬきに遭遇すると「飼いたい！」と、いきなり車を止めて草むらに入っていくこともありました。とんでもない人を母親に持ったものだとそんな時は思うわけですが、冬空を横切る白鳥の群れや、黄金色に染まる夕焼けを見ながら「地球は素晴らしい。そのうち死ぬにせよ、生まれてよかった」などとつぶやくあなただったから、コロナに罹患し亡くなったという連絡があったときも、大きな悲しみに打ちひしがれることもありませんでした。それどころか、死というものが、これほどポジティブなパワーに満ち溢れた、逞しいエネルギーを残してくれるなどとは、想像したこともありませんでした。

エッセイには書けなかったことなので、手紙としてあなたに送ります。一人の人間としての、豪快で潔い生き様を出し惜しみなく見せてくれたことに心から感謝します。おつかれさまでした。

リョウコ様

〈手記〉亡き母への手紙に寄せて

ヤマザキマリ

私の母リョウコは昭和8年に神奈川県の鵠沼で生まれ、戦争を経て、1960年に札幌で創設されたばかりのオーケストラに入団するため、単身で北海道へ移住しました。現地で知り合って結婚をした男性とは私が生まれてまもなく死別、その後再婚をするも相手が海外赴任となり妹が生まれてすぐに離婚。その後、女手一つで私たちを育てました。

音楽という表現のために全身全霊を捧げながら毎日を出力100％で生きていたリョウコは、世間体やしがらみに囚われることなく、思い通りにことが捗らなくても脇目も降らずに大股で前へ突き進む、人というのはあんなふうに生きていいんだ、という勇気と心強さをもたらす座標でした。

当時はまだ職業婦人はマイノリティで、ましてやヴィオラ奏者などという職種は北海道のような田舎では周りから理解してもらえるはずもなく、周囲の人たちから子育てそっちのけで音楽に身を窶《やつ》すのはおかしい、と責められることもしばしばあったようです。それでも母が悩んだり悔やんだりする姿は記憶にありません。周りから理解はされなくても「今度オーケストラで素晴らしい曲をやるのよ！」と私たちに学校を休ませてはコンサートへ連れて行き、自分の休日には我々も学校を休ませてドライブや山登りをすることもありました。市販の服が気に入らないと、なけなしの時間で私のヴァイオリンの発表会の服を手縫いするなど、リョウコはリョウコなりに母親としての役割をこなそうと頑張っていたのだと思います。

母は利他の人でした。かつて、別れた夫の母親が「もう家族ではないのだから、これ以上世話になるわけにはいかない」と突然、一緒に暮らしていた家を出て行ったことがありました。しばらくしてこの老女から届いた葉書に寂しさを吐露する言葉を見つけるや否や母は彼女を探して連れ戻し、２年後に亡くなるまで再び一緒に暮らしました。

ある時は、団地住まいであるにもかかわらず、外で拾った野良犬をどうしても飼いたいと粘り、私たちに「規則違反だから」と反対されても、見放せないと役所に掛け合って、留守番ばかりさせている娘たちの用心棒という理由を盾に、ベランダの下で飼うことを強引に許可してもらったこともありました。決め事を訝ったり、世間と足並みが揃わなくてもまったく気にすることのないあの性格の形成に、戦争という不条理な経験は無関係ではなかったでしょう。

母が亡くなった後、全国から過去のお弟子さんや同僚、友人の音楽家が百名ほど集まってオーケストラを編成し、追悼コンサートをしてくださいました。追悼、という名目ではありましたがリョウコについて思い出話を語り出せばみな笑いが止まらず、締めくくりとしてリョウコに捧げられた演目は「威風堂々」でした。人の生命力というものは、肉体のあるなしに関係なく、音楽や人々の記憶の中でいつまでもエネルギーを放出し続けていくのだということを痛感した機会でもありました。

その会場で、何十年ぶりかに母の友人の女性と会いました。横浜からわざわざ北海道までやってきた彼女は、カバンの中から「これ、あなたに」と一通の古い切手が貼られた封筒を私に手渡しました。そこには、私がかつてフィレンツェに暮らしていた頃、「苦悩の中でもがきながら、なんとかやっています」という近況を綴った、母宛の手紙のコピーが同封されていました。もう1枚の便箋には母の字で「相変わらず大変そうですが、どんなに苦しくても悔いのない人生となるよう、毎日祈り続けています」と綴られていました。リョウコは生前、私にそんな慮る言葉をかけてくれたことなど一度もありません。照れ臭くも、切なくなりました。今回、母に宛てた手紙は、そんな母に対する私からの返事です。

（漫画家・随筆家・画家）

特別寄稿者プロフィール

ヤマザキマリ　漫画家・随筆家・画家

日本女子大学 国際文化学部国際文化学科 特別招聘教授、東京造形大学客員教授。
1967 年生まれ、東京都出身。84 年にイタリアに渡り、フィレンツェの国立アカデミア美術学院で美術史・油絵を専攻。比較文学研究者のイタリア人との結婚を機にエジプト、シリア、ポルトガル、アメリカなどの国々に暮らす。
2010 年『テルマエ・ロマエ』でマンガ大賞 2010 受賞、第 14 回手塚治虫文化賞短編賞受賞。2015 年度芸術選奨文部科学大臣新人賞受賞。2024 年『プリニウス』（とり・みきと共著）で第 28 回手塚治虫文化賞のマンガ大賞受賞。著書に『ヴィオラ母さん』『ムスコ物語』『扉の向う側』作品集『ヤマザキマリの世界 1967-2024』『世界逍遥録Ⅱ』『続テルマエ・ロマエ』など。
現在、『続テルマエ・ロマエ』を集英社「少年ジャンプ+」で連載中。

選考講評

選考講評

選考委員　文学YouTuber ベル

今回の審査では、亡きあの人が手紙の送り手にどんな影響を与えたのか、どれほど深くその人の人生に刻まれているかを重視しました。そして、故人との関係が手紙の中でリアリティをもって表現されているのかもポイントとしていました。

私は職業柄か整った文章に惹かれがちなところはあるのですが、今回の審査会を通して驚いたことは、多少粗削りであったとしても、文章に込められた感情が読み手に深く響く手紙が多かったことです。最終的には「シンプルに気持ちが伝わってくるかどうか」を重視していたように思います。

今の時代、言葉を相手に届ける際はメッセージアプリなどで済ませることが多いため、手紙という形式を選んで書くことには、特別な意味があると考えています。手紙は、たとえ相手に届かなくとも、「書くこと」自体に意義があるものです。何を伝えようかと想いを巡らせる過程で、故人や自分自身についての考えが深まり、思い出の印象が変わることもあるでしょう。

応募作品の中には、過去のネガティブな出来事が、当時は理解できなかったものの、後になって「あ、こういうことだったんだ」とポジティブなものに変わっていく例がありました。変えられないと思っていた過去の捉え方が変わることもあるのです。このように、手紙を書くことは自分の心を整え、故人との関係を新しい視点で見つめ直すきっかけにもなるのだと、改めて感じました。

このコンテストに集まった手紙を読むと、誰もが「自分なら誰に書くだろうか」「どういう風に書くだろうか」と考えさせられると思います。年齢や背景が異なる多くの人々が書いた手紙のどこかに〝自分〟を見出すことができるはずです。それは単に共感を呼ぶだけでなく、自身の人生の締めくくりについて具体的に考えたり、悔いのない生き方をするために現在の人間関係を見つめ直したりする機会にもなるでしょう。これこそが、このコンテストに集まった「魂の文章」を読む真の意義だと思います。


(YouTuber)

選考講評

選考委員　堀井美香

私は、「故人の遺志を引き継ぐ」「故人がそこに確かに存在し懸命に生きたんだ」といったメッセージが伝わってきたお手紙を選んだように思います。例えば、金賞を受賞した「私の自慢のお母さん」の手紙は、一番に思っている自慢の母が、娘さんの心の中に生き続け、母の力を受け継いでいることが素晴らしいと思い、選出しました。

きっと手紙を書いている間、辛くて、涙して書かれた方もたくさんいらっしゃったと思います。

ただ、皆さんのお手紙を読む中で、手紙を書くという行為が、大切なあの人が存在していた意味や伝えてくれたことを残された私たちが誇りに思ったり、その遺志や温かさを引き継いだり——といった心の整理につながり、癒しや光を見出す手助けになると感じました。

また今回は、書き手がその時の思いをそのまま筆に乗せた手紙がいくつもあったように思います。「ちょっと書き出しをかっこよくしてみよう」「起承転結を意識しよう」といったテクニカルな意図を感じない自由に力強く感情に迫っていくお手紙が多かったように思うのです。それはある意味で感情と正面から向き合う苦しさがあったりするものですが、こういった無骨で心の底から溢れ出る剥き出しの言葉に触れたことはこれまでにあまりなく、とても貴重で素晴らしい体験でした。

大切な人が亡くなることは本当に悲しいですし、そこに至る経過にも苦しさや耐え難い痛みを伴うことも少なくないでしょう。

このお手紙を読んでくださる皆さんには、その悲しみや痛みだけでなく、そこから何かしらの強さを見出し、自分の生き方に繋げてもらえたらと思います。亡き人が本の中で生き続け、その思いをしっかり引き継ぎ受け止められる——私もそんな読者でありたいと思いますし、作品を読んでくださる皆さんにもそんな風に読んでいただけたらと思います。

（フリーアナウンサー）

選考委員プロフィール

堀井美香　フリーアナウンサー

1972年生まれ、秋田県出身。1995年4月、アナウンサーとしてTBSに入社。以来、永六輔、みのもんた、久米宏など個性的なパーソナリティのアシスタントを務めるなど活躍し、アナウンス部担当部長に就くまでに。2022年3月をもってTBSを退社し、フリーアナウンサーに。数々のテレビ番組やCMのナレーションを務める他、朗読会や読み聞かせの仕事にも注力。"言葉"の伝え手として活躍している。著書に、『音読教室』教科書を読んで言葉を楽しむテクニック（カンゼン）、『一旦、退社』（大和書房）、『聴きポジのススメ』（徳間書店）がある。

文学YouTuberベル　YouTuber

2015年にYouTubeでの活動を開始。「文学YouTuberベル」は登録者数が18.4万人を超える人気チャンネルで（2024年12月時点）、書評を中心に読書の魅力を伝える動画を配信している。また、SNSだけでなく書店とのコラボレーション「ベル書店」では本棚をプロデュースするなど、リアルな場での接点を持つことにも精力的にチャレンジしている。

清水 祐孝　株式会社鎌倉新書 代表取締役会長 CEO

1963年生まれ、東京都出身。慶應義塾大学を卒業後、証券会社勤務を経て、1990年、父親が経営する株式会社鎌倉新書に入社。仏教書専門の出版社だった同社を、葬儀や墓石、宗教用具等の業界に向けた出版社へと転換。さらには、出版業を"情報加工業"と定義付け、セミナーやコンサルティング、さらにインターネットサービスへと転換させた。現在は、「いい葬儀」「いいお墓」「いい仏壇」「いい相続」など終活関連のさまざまなポータルサイトを展開する同社の会長として、高齢者の課題解決に向けたサービス提供、「終活」のインフラ整備を牽引している。

漢字や仮名遣い、改行などについては、
できる限り、届いたお手紙のまま掲載をしております。

謝辞・あとがき

本書を手に取ってくださった皆さまに、心より感謝申し上げます。

「今は亡きあの人へ伝えたい言葉」は、亡くなった方への想いを綴ることで、大切な記憶を言葉にし、心の中に刻み込む場として続けてまいりました。15年続く活動の中で、計1万通以上もの手紙が寄せられ、多くの方が亡き人との対話を通して、自身の心と向き合う機会を持たれました。その一通一通に、愛、感謝、後悔、そして何よりも「伝えたかった言葉」が込められていました。

人は誰しも、大切な人との別れを避けることはできません。しかし、別れは終わりではなく、心の中で共に生き続けることができる――そう信じられるのは、言葉が持つ力のおかげかもしれません。本書に収められた手紙を読んでいると、書き手の方の思いが鮮明に浮かび上がり、亡き人との絆がいかに深く、あたたかかなものであったかが伝わってきます。このプロジェクトを続けるなかで、私たちは「語ること」「書くこと」の大切さを改めて感じています。日々の暮らしのなかで、家族や友人に対し、想いを伝えそびれることは誰にでもあります。けれど、言葉にすることで、気持ちは相手に届き、時を超えて残っていきます。この書籍が、皆さまにとって、亡き人を想いながら自身の心と、そして〝生〟と、向き合うきっかけとなれば、これほど嬉しいことはありません。

最後に、本書の出版にあたり、ご応募いただいた皆さま、選考委員の方々、そして制作に携わったすべての方々に、深く感謝申し上げます。この「言葉たち」が、多くの人の心に届き、あたたかな記憶が紡がれていくことを願っております。

「今は亡きあの人へ伝えたい言葉」実行委員会一同

本書の完成を支えてくださった皆さま

青木 香織
天田 南葵
安保 一覚
居串 恵美
石鍋 尚太郎
内田 彩音
北村 翼
北森 康平
工藤 寧々
久保 康博
小林 憲行
小林 史生
近藤 優太
佐藤 隼平
重田 政明
舘 努
田中 実
寺尾 和久
西 俊輝
塀和 千鶴
橋本 実
林 千夏
久野 聡郎
廣瀬 周一
二神 友造
水野 聡志
矢野 愛実
山岡 佳奈
山下 桃代
山之内 静
吉住 哲
吉田 知生
綿貫 竜太
（敬称略、五十音順）

ありがとうございました

私たちは、明るく前向きな社会を実現するため、
人々が悔いのない人生を生きるためのお手伝いをします。

株式会社鎌倉新書は1984年に仏教書の出版を目的として創業しました。現在は供養・終活専門企業として「いいお墓」「いい葬儀」「いい介護」「いい相続」などのサービスを運営し、お客様センターやポータルサイトを通じた相談・情報提供を行っています。
終活インフラを標榜し、「明るく前向きな社会を実現するため、人々が悔いのない人生を生きるためのお手伝いをする」ことを使命としています。お金のこと（遺言・相続など）、からだのこと（介護・終末期医療など）、家族のつながり（葬儀・お墓など）の希望や課題を解決し、高齢社会を活性化することが、未来の希望になると考えています。

社名	株式会社 鎌倉新書
創業	1984年（昭和59年）4月17日
代表者	代表取締役会長 CEO　清水 祐孝 代表取締役社長 COO　小林 史生
本社所在地	〒104-0031 東京都中央区京橋2丁目14-1 兼松ビルディング3階
代表電話	03-6262-3521
URL	https://www.kamakura-net.co.jp/
従業員数	319名 ※2025年1月31日時点（アルバイト・パート等を含む）
資本金	10億5,802万円（2025年1月31日現在）
決算期	1月
主な事業内容	終活関連サービス事業 マッチングプラットフォームとなるポータルサイト 運営を中心とした、終活に関わる情報サービスの提供

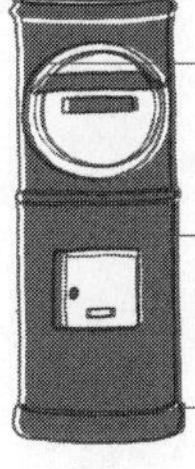

今は亡きあの人へ伝えたい言葉9

2025年3月31日　第1版第1刷発行

編者　「今は亡きあの人へ伝えたい言葉」実行委員会

安濃直樹、今泉範子、五島健二、白井夢乃、戸松亮二、松原由香（五十音順）

発行所　株式会社鎌倉新書

〒104-0031　東京都中央区京橋2丁目14-1

兼松ビルディング3F

TEL 03-6262-3521（代）　FAX 03-6262-3529

http://www.kamakura-net.co.jp

装丁・本文デザイン　松原由香

印刷・製本　株式会社シナノパブリッシングプレス

ISBN 978-4-907642-43-3 C0012